バラードの競演

ゲーテ対シラー

坂田正治

九州大学出版会

はしがき

本書はゲーテとシラーによる、いわゆる「バラードの年」に関わる一連の作品の中から、それぞれの特性がよく表れていると思われるものについて、筆者なりの読み方を試みたものである。結果的には両者のバラード作品からそれぞれ四編を取り上げるに止まったが、これだけでも両者の作風の違いは十分に読み取れるのではないかと思われる。なお、前者に関しては、すでに拙著『ゲーテと異文化』（九州大学出版会、二〇〇五）の中でも『神と遊女』『コリントの花嫁』の二編について論じたので、併せて参照していただければ幸いである。

ところで、二人がこの「バラード」という詩形式にひとかたならぬ興味と関心を抱くようになったのも、一七七〇年代に「バラードの根が、（ドイツの）民族性という土壌の中に広く、深く伸びることが出来た」[1]という背景があったからである。かれらはそこにあらゆるポエジーの源泉を見出したのである。W・カイザーやエラースはこれを「原卵」（Urei(er)）という言葉で説明しているが[2]、その意味するところは、あらゆる発展可能性を内包しながら、未だ一定の形を与えられないままでいる原質、未開のままの素材といったところかと思われる。

ゲーテがこのバラードという形式に関して、「ポエジーの真正な自然形式としては、明確に叙述する叙事詩と、熱狂的に昂揚した抒情詩と、個人的に行動していく戯曲の三つしかない。これら三つの文芸様式は共同して、あるいは個々別々に、その本領を発揮することが出来る。しばしば、これらが最小の詩の中に共存していることが認められるが、この三者はまさにこの合一、融合によって、きわめて狭小な空間の中で、この上なく見事な産物を生み出すことは、われわれがあらゆる民族の最も評価に値するバラードを見て、はっきり気付く通りである(3)」と述べているのも、さすがによくその本質を弁えた者の言と言うべきだろう。

ゲーテのこのようなバラード観は、シラーの共有するところでもあり、かれらは一見荒唐無稽と見える素材の中に、生き生きと息づく民衆の息吹を感じ取り、自らの詩心を自在に展開するのに欠かせない無限の宝庫を見て、その源泉から両者それぞれに独自の文学空間を切り開いていくことになったのである。

ただ、こうした同じ基盤から生み出されてきた数々のバラードを見ても、「自然」に根ざして分裂を知らず、「自然」と調和しつつ、思うままに天才を発揮する「素朴詩人」の典型たるゲーテと、「文化」の中に絡めとられて、「失われた自然」を求めて苦闘する「情感詩人」の体現者としてのシラーという、本来、対極的な性向を備えた両者の違いは歴然としている。言い換えれば、この異質性の故に、両者はかえって互いの真価を認め合い、互いに刺激し合って、ドイツ文学の枠を超えた普遍的な詩的宇宙を現出して、世界の精神文化に大きく寄与することになったのである。かれらが競い合って、続々とバラードの名作を生み出していったのも、その直接的な成果の一つであるが、ここではその個々のテキストの検討に先立って、ひとまずそこに至る前史について概観しておくことにしよう。

テキストについて

「美神を刻むゲーテ」の章を除き、本書で使用したテキストについては、以下の通りである。引用の詩句は、本文中に詩節をローマ数字、詩行をアラビア数字で示した。

GW = Goethes Werke. Christian Wegener Verlag Hamburg. Achte Auflage.

SW = Schillers Werke. Nationalausgabe. Verlag Hermann Böhlaus Nachfolger Weimar.

註

（1）Kayser,Wolfgang: Geschichte der deutschen Ballade. Junker und Dünnhaupt Verlag,Berlin.1936. S.121.

（2）Vgl. W. Kayser: S. 1f. Oellers, Norbert: Friedrich Schiller. In: Deutsche Dichter. Leben und Werk deutschsprachiger Autoren. Hrsg. von Gunter E. Grimm und Frank Rainer Max. Bd. 4. Sturm und Drang, Klassik. Phillip Reclam jun. Stuttgart. 1989. S. 298.

（3）GW. Bd. II. S. 187f.

目次

バラードの競演——ゲーテ対シラー

ゲーテとシラーのバラード制作に至る前史

両者の出会い

物理的にはわずか十年そこそこに過ぎないゲーテとシラーの交流が、世界の文学史にも類を見ないほどの大きな実りをもたらしたことについては、改めて断るまでもないが、その両者の初めての出会いは一七七九年のことであった。

この年の晩秋、シュヴァーベンの専制君主カール・オイゲンによって設立されたカール学院の創立記念式典が、いつにもまして盛大に執り行われた際、あまたの貴顕と共に、ゲーテはワイマールの主君カール・アウグスト大公の随員としてこの式典に参列する機会を得た。当時、この学院の学生であったシラーは、その面前で君主の手ずから臨床学、薬学、外科医学の三科目における成績優秀の表彰を受け、君主の上着の裾に口づけするという栄誉に浴した。(1)

この時すでに相当の社会的地位を得ていたゲーテと、一介の医学生に過ぎなかったシラーとのこの初めての出会いが、後年の比類のない生産につながるとは互いに未だ知る由もなかったが、それからほぼ一五年を経た一七九四年に至って、両者はついに宿命的な再会を果すことになった。

この年の七月の末、二人はイエーナで開かれた「自然研究学会」に参加して、「たまたま」話を交わすことになったのである。その時の模様をゲーテは七月二十日の手記の中で次のように書き記している。(2)


[……]われわれはたまたま一緒に揃って外に出たところ、会話が始まり、彼は講演されたテーマに関心を持っているように見えたが、しかし、「自然を細かく切り刻んで扱うやり方は、それに関わり合いたいと思っている(自分のような)門外漢には、まるきりなじめない」と言った。——それに対して、自分はこう応えた。「そのような方法は、もしかしたら、事情通の人たちにとってさえ居心地の悪さを免れないものであるかも知れないし、自然を個々ばらばらに取り上げるのではなく、それを生きて働くものとして、つまり、全体から部分に向うという形で描き出すというような、何かもう一つ別のやり方もありそうなものだ。」

彼はこの点に関して、「すっきりと腑に落ちた気分になりたい」とは言ったが、それでも、自らの疑念を隠すことはなかった。彼には、わたしの主張したようなことが、経験(Erfahrung)だけで明らかになるなどということは認め難かったのである。——そうこうするうちに、われわれは彼の家の所に来たが、この対話を続けたい誘惑に駈られて、わたしは中に入ってしまった。そこでわたしは勢い込んで「植物の変形」のことを持ち出し、ペン書きでさまざまな特徴を強調しながら、彼の目の前に一つの象徴的な植物の絵を描いて見せた。彼は大きな関心と明確な理解力を見せて、その一部始終に耳を傾け、目を凝らしていたが、わたしが話し終えると、首を振って、「それは経験などというものではなく、一つの理念です」と言った。わたしは一瞬、言葉に窮したが、内心、いささかの不快を禁じ得なかった。それというのも、われわれの見解の相違が、これによって極めて先鋭な形で露呈されることになったからである。『優美と品位』の中で説かれている彼の主張のことが再びわたしの脳裏に浮び、以前感じた憤懣が蠢き出しそうになったが、その気持ちを自制して、わたしは次のように応じた。「わたしがさまざまな理念をそれと知らずして持っていて、しかも、それをこの目でありありと捉えるということは、わたしにはとても好ましいことと思えるのだ。」

これに対してシラーは、わたしよりはるかに人生経験が豊富で、礼儀作法を心得ているだけでなく、その頃ちょうど発行しようとしていた『ホーレン』誌のこともあり、わたしの反感を買うよりは、わたしを引き込む方が得策と考えて、洗練されたカント学徒の本領を発揮して応じた。そして、わたしはあくまで自分の現実主義にこだわって、激しい反論の根拠をいろいろと持ち出すと、さんざん論争が交わされたが、それもやがて収まった。

どちらも自分が勝者だと思うわけにはいかなかったし、両方とも、相手から打ち負かされるわけがないと思った。それでも、次のような文言を聞いた時には、わたしはすっかりみじめな気分になった。「一つの理念にふさわしいと思われるような経験が、いつかは与えられるというようなことが、どうして有り得るのでしょうか？　なぜなら、この点にこそ、経験が決して理念と一致し得ないという、理念の固有性が存するのですから。」

わたしが経験と言明したことを、彼が一つの理念とみなしたとすれば、両者の間には何らかの仲介的なもの、関連性が存在しなければならなかった！　ともあれ、最初の一歩は踏み出された。シラーの人を惹き付ける力には偉大なものがあり、彼は自分に近づいて来る者を一人残らず、しっかりと引き留めた。わたしは彼のもくろみに参画した。

実質的には初めての出会いを描いたこの一文には、“verdrießlich”（不愉快な、腹立たしい）、“unglücklich”（不幸な、惨めな、不満足な）というような、この時のゲーテの心の動きを直接伝える語も散見されて興味深いが、両者の論争の焦点は、文中しばしば繰り返されている通り、「経験」（Erfahrung）と「理念」（Idee）をめぐる考え方の違いという一点に要約出来るだろう。

その一方で、「自然を細かく切り刻んで扱う」という、当時の自然科学研究のあり方に大きな疑問を抱くという点では、二人の間にいささかの相違もなかった。ゲーテが当時の植物学の権威であったリンネの分類主義にあきたりず、複雑に分化、発達した有機的生命体を、その原型にまで還元して追求しようとして、『植物変形論』（Die Metamorphose der Pflanzen, 1790）において「原植物」（Urpflanze）という概念を提示したのは、すでに周知のところである。即ち、「個」は「全」の表れなのであり、「全」は「個」において初めて生命を得るというのが、ゲーテ独自の有機的、力動的な自然観であると言ってよいだろう。右の文中で彼が自然を、「個々ばらばらに取り上げるのではなく、それを生きて働くものとして、つまり、全体から部分に向うという形で描き出すというような、何かもう一つ別のやり方もありそうなものだ」と言っているのも、まさに彼のこのような自然観を反映したものである。

そして、彼のこのような世界観は、当然ながら、自然界の生き物の典型としての人間にも適用される。

即ち、彼はその文学創造の場においても、「人間そのもの」を追求し、手を変え品を変えて、さまざまな「人間の典型」を造形したのであった。しかも、その際、彼はそれを単なる頭の中の空想からひねり出すのではなく、あくまで、現実の世界に「生きて働くもの」として創造していったのである。これこそがまさに、「体験詩人」としてのゲーテの本領であった。そう見れば、右の文中で彼が「あくまで自分の現実主義にこだわって」と言っていることの真意も、自ずから明らかとなるだろう。

その点で、彼がシラーのことを、いささかの皮肉を込めて、「洗練されたカント学徒」と呼んでいるのは興味深い。よく知られているように、シラーは確かに熱心な「カント学徒」であった。カントの三大著作の中でも、芸術における判断の根底を追求しているという点で、シラーはとりわけ『判断力批判』(Kritik der Urteilskraft, 1790) に関心を示した。彼の哲学詩を代表する大作『芸術家』(Die Künstler, 1789) の中で、「自然の美しき魂」(die schöne Seele der Natur, 115)、「神の美」(des Gottes Schönheit, 263)、「美の黄金の帯」(der Schönheit gold'ner Gürtel, 290)、「ますます美しさを増す美」(immer schön're Schöne, 427)、「至高の美神の光輝さんぜんたる居場所」(Zum Strahlensitz der höchsten Schöne, 460)、「美しき魂たち」(schöne Seelen, 464) など、「美」に直接関わる詩句が多用されている一事を見ても、その緊密なつながりの一端は窺い知れるだろう。

いずれにしても、シラーに対するカントの影響は絶大で、『優美と品位』(Über Anmut und Würde, 1793)、『人間の美的教育に関する書簡』(Briefe über die ästhetische Erziehung des Menschen, 1795)、『素朴文学と情感文学について』(Über naive und sentimentalische Dichtung, 1795–96) という一連の論文が続々と物されたのは、その何よりの証左である。これを要するに、シラーのカント研究とは、自らの美学思想の形成にとって必然、不可欠のプロセスであり、それはちょうど、ゲーテのイタリア体験が彼の世界観、文学観にとって起死回生の意義を持ったことに対応すると言ってもよいだろう。つまり、前者がカント研究を指標にして美の「理念」を追求したとすれば、後者は持てる感官を全開させてイタリアの風土、文物をまるごと「体験」し、それを自己の血肉と化したのである。ここにも「イデアリスト」としてのシラーと、「リアリスト」たるゲーテの資質の違いは歴然としているが、「最初の一歩は踏み出された」と言う以上、この間に「何らかの仲介的なもの、関連性が存在しなければならなかった!」というのは、両者それぞれの偽らざる真情だったと思われる。

そのことを確認するために、ここで、この出会いからほどなくして取り交わされた二人の往復書簡を見ておくことにしたい。

シラーのゲーテ評価

シラーは一七九四年八月二十三日付のゲーテ宛の長文の書簡で次のように述べている(3)。

昨日、あなたがご旅行からお帰りになったという、うれしい知らせが届きました。わたしたち夫婦は、もしかしたら近いうちにまた、我が家でお会いできるかという希望を抱いておりますが、そのことをわたしとしては心から期待しております。

先日のあなたとの話し合いのおかげで、わたしの思想の塊が丸ごと動き出しました。それと申しますのも、それは何年か前からわたしがとても気になっている対象に関わるものだったからです。わたし自身どうにもすっきり折り合いが付けられずにいた実にさまざまなことについて、あなたの精神の物の見方は（と言いますのも、わたしの上に及ぼしたあなたの思想の全体的印象は、わたしにはそう呼ぶしかないからですが）、わたしの中に予期せぬ光明を点じてくれました。わたしには複数の思弁的な思想に通じる対象、肉体が欠けていましたが、あなたのおかげで、その手がかりを得ることが出来ました。かくも静かに、かつ純粋に事物の上に留まっているあなたの観察的な視線は、あなたを思弁はもとより、恣意的で自分自身だけに服従する想像力まで、いとも簡単に迷い込みがちな脇道に逸れる危険に陥れることは決してないはずです。あなたのまっとうな直観の中には、分析が苦心惨憺して探し求めるすべてのことが、はるかに完璧な形で具わっており、しかも、それが一つの総体としてあなたの中に宿っているからこそ、あなたにはあなた固有の豊かさが秘められているのです。なぜなら、われわれは残念ながら、われわれが区分するものだけしか知らないからです。

（中略）

わたしはずっと前から、いささか遠くからではありますが、あなたの精神の歩みを眺め、あなたが自ら示して見せられたその道程に、そのつど感嘆の念を新たにして注目しておりました。あなたは自然の必然性を追求しておられますが、しかし、それは微弱な力の持ち主なら誰しも警戒するような、きわめて困難な道のりです。あなたは自然全体をひとまとめにして、個々の物に光を当て、自然のさまざまな現象形態の総体性の中に、個体を解き明かす根拠を求めようとされます。あなたは単純な組織体から、一歩一歩、より複雑なものへと上ってゆき、ついにはあらゆるもの、そのうちで最も複雑な組織体、即ち人間を、自然の全構築物という材料から発生学の原理に基づいて作り上げられます。

あなたはこの人間というものを、いわば自然を模型にして作り上げることによって、その隠された機構の中に入り込んでいこうとされます。これは一つの偉大で、真に英雄というのにふさわしい思想と言うべきであり、あなたの精神がどれほど、精神から生み出される諸々の表象という豊かな総体を、一つの美しい統一体の中にまとめ上げられているかということを、いやというほど明らかにしてくれます。

（中略）

わたしはあなたの精神の動きをおおよそこのように判断しておりますが、わたしの言っていることが正しいか否かについては、御自身が最もよくお分りのことでしょう。しかしながら、あなたがお分りになり難いだろうと思われますのは（天才とは常に、自分自身にとって最大の秘密なのですから）、あなたの哲学的な直観と、思弁的な理性の最も純粋な結果との美しき一致、ということです。一見したところ、単一性から発する思弁的な精神と、多様性に由来する直観的なそれよりも大きな対立は有り得ないように見えるのは事実です。しかし、前者が汚れのない誠実な感覚で体験を求め、後者が自発的で自由な思考力で法則を求めるならば、両者が互いに道の半ばで出会わないというようなことは、有り得るはずがありません。直観的な精神は、専ら個に関わり合い、思弁的なそれは、種にかかずらいはしますが、しかし、直観的な精神の持ち主が非凡であり、経験的なものの中に必然性の特性を探し出すならば、それは常に個を生み出すでしょうが、しかし、そこには種の特性を伴っているはずです。一方、思弁的な精神の持ち主が非凡であり、自らの枠を乗り越えることで体験を失うことがなければ、それは常に種のみを生み出すでしょうが、しかし、そこには生命の可能性が伴っており、現実の対象と根拠のある関わりを保持しているはずです。

この書簡は、いかにも「思弁家」としてのシラーにふさわしく、いささかならず晦渋な文体の特徴を見せてはいるものの、彼が相手への敬意を失わず、彼我の資質の違いを明確に認識し、しかも、その違いの持つ意義を正しく捉えている点で、きわめて貴重な証言になっているように思われる。

その敬意は、例えば、「先日のあなたとの話し合いのおかげで、わたしの思想の塊が丸ごと動き出しました」、「あなたの精神のものの見方は（と言いますのも、わたしの上に及ぼしたあなたの思想の全体的印象は、わたしにはそう呼ぶしかないからですが）、わたしの中に予期せぬ光明を点じてくれました」という言葉から如実に見て取れる。そして、とりわけ、「あなたは自然全体をひとまとめにして、個々の物に光を当て、自然のさまざまな現象形態の総体性の中に、個体を解き明かす根拠を求めようとされます」という一節は、さすがに相手の特質をよく心得た言だと思われる。

それと関連して、彼が「思弁」（Spekulation）と「想像力」（Einbildungskraft）、「分析」（Analysis）と「全体」（Ganzes）、「個別的なもの」（das Einzelne）と「自然全体」（die ganze Natur）、「個体」（Individuum）と「総体」（Allheit）、「思弁的」（spekulativ）と「直観的」（intuitiv）、「法則」（Gesetz）と「経験」（Erfahrung）などの語を対比して用いていることは、それぞれの語に彼我の相違を重ね合わせながら、しかも、それを相違のままに終らせず、両者が相互に補完し合って、より高次の統合へと発展する可能性を期待し、かつ、確信していることの表れだろう。

これから更にほぼ一週間ほど経て書かれた書簡の中の、「あなたの精神は並外れた程度に直観的に働く」

のに対して、「わたしの悟性は元来、より象徴化するように働きますので、わたしは両性具有的な感じで観念と直観、規則と感性、技巧的な頭脳と独創の才との間で揺れ動いています」という文言も、[4] 彼のそうした心中を率直に表明したものと解される。

それでは、もう一方の当事者であるゲーテは、相手のことをどのように見ていたのだろうか？ それについては、右の八月二十三日付のシラーの書簡からわずか数日後に書かれたゲーテの返書を見てみることにしよう。

ゲーテのシラー評

一七九四年八月二十七日付のゲーテによるシラー宛返書は以下の通りである。[5]

今週中にめぐって来るわたしの誕生日にとって、あなたのお手紙ほど、わたしの意にかなう贈り物はないと言ってよいでしょう。その中で、あなたは心のこもった筆致で、わたしの存在の総和を引き出し、あなたの関与によってわたしの持てる能力をひときわ熱心に、ますます活発に活用するように鼓舞して下さいました。

純粋な享受と真実の利得は相互的にしか有り得ないものですから、ちょうどよい折に、あなたとの対話がわたしに与えてくれたものを、あなたの前に披瀝できることをうれしく思います。わたしもあの数日来、一つの画期が来ると見込んでおりましたし、これまで特別な励ましもないまま、わが道を歩み続けてきたことに満足しています。というのも、いまやわれわれは、まったく予期せぬ出会いを果したからには、互いに相い携えて進んでいくほかはないように思われるからです。わたしはこれまでも常に、あなたが書かれ、行動されてきたすべての中に表れている誠実で、きわめてまれな真剣さを評価するにやぶさかではありませんでしたので、これからは、特にこの数年間におけるあなたの精神の歩みについて、あなた自身を通じて近づきになるという要求を出しても許してもらえると思っています。われわれは、自分たちが現在到達している地点を互いにはっきり確認し合ったのですから、その分だけますますたゆみなく、共同して仕事をしてゆくことが出来るでしょう。

わたしは自分に関わり、自分の内にあるすべてのことを、喜んでお伝え致しましょう。というのは、わたしの企ては、人間の能力とその現世における持続の限度をはるかに超えていることを、自分でも身にしみて感じていますので、わたしはさまざまなことをあなたの許に寄託し、それによって、それを維持するばかりではなく、それに生命を吹き込みたいと思うからです。

もっと近づきになって、私自身極めて明確に自覚してはいながら、自分でもどうすることも出来ずにいる、一種のあいまいさとためらいがわたしにあることを、あなたが発見されれば、あなたの関与の持つ効用がわたしにとっていかに大きいものとなるか、御自身でたちどころに見て取られることになるでしょう。しかしながら、このような現象は、あまりにも専制的でない限り、われわれが支配されることを好む自然の中には、もっとたくさんあるのです。

この書簡の往復は、対象をきめ細かく「分析」し、「思弁」の力を駆使して問題の所在を論理的に解明しようとするシラーと、それを「直観的」に、大づかみに受け止め、問題の本質を「総体的」に把握しようというゲーテの違いを如実に示していて、それ自体、興味深い証言になっているように思われる。中でも、ゲーテがこの書簡の中で「あなたの関与」という言葉を繰り返し、それが「わたしの持てる能力をひときわ熱心に、ますます活発に活用するように鼓舞して」くれるものとして、その「効用」が自分にとって「いかに大きいものとなるか」と強調しているのは、注目に値する。

彼がこのような発言を繰り返した背景には、一七八八年のイタリアから帰還後の孤立感や、一七九二年の主君カール・アウグストに随ってのフランス遠征、翌年のマインツ攻囲従軍などの公務から来る焦燥感があったものと思われる。自分でも自覚していないながら、どうにも出来ないでいる「一種のあいまいさとためらい」という、ゲーテらしからぬとさえ見える語句も、その延長線上にある言葉と解してよいだろう。

その一方で、「人間の能力とその現世における持続の限度をはるかに超え」るような「企て」を秘めていた彼にとって、シラーと出会い、自分たちが「現在到達している地点を互いにはっきり確認し合」うという機会が得られたことは、まさに百万の援軍を得た感がしたであろうことも、想像に難くない。「さまざまなことをあなたの許に寄託し」たいという一言も、ゲーテ一流のユーモアの中に彼の本音を語ったものと思われる。

いずれにしても、彼はこの時、「ますますたゆみなく、共同して仕事をしてゆくことが出来」る、生涯のパートナーを得たのである。彼はこれより数年経た一七九八年一月六日付けのシラー宛の書簡で、「あなたはわたしに第二の青春を手に入れさせてくれ、わたしを再び、自分でも殆どあきらめていた詩人にしてくれました」と書き送ったが(6)、事実、彼がバラードの名作のみならず、長らく中断していた『ファウスト』の筆を執ることになり、また、起稿以来二十年を費やした『ヴィルヘルム・マイスターの修行時代』を書き終えるに至ったのも、まさにこのシラーの「関与」の大きさを物語っている。

因みに、ゲーテはよく知られたエッカーマンとの対話の中でも、しばしばシラーとの交友を偲んでいるが、ある意味では書簡よりもこの方が直に彼の肉声が聞き取れるように思われるので、ここでその幾つかを紹介しておくことにしたい。

「シラー本来の創造力は理想的なものの中にあり、彼と太刀打ち出来るような人材は、ドイツ文学にも他国の文学にも見当らないと言っても差し支えない。バイロン卿の持っているものなら、彼にも大部分欠けるところはなかったが、しかし、バイロン卿は世故に通じているという点で一枚上手だった。わたしとしては、シラーがバイロン卿の世界を体験してみたらどんなによかったかと思っているよ。そうすれば、彼が自分と同類の精神の持ち主に対して何と言ったか、興味津々だからね。(7)」

「人間というものは、高級であればあるほど」とゲーテは言った、「それだけ一層デーモン（ここでは、人間の内奥に潜む、理性を超えた超自然的な力と解したい…筆者注）の影響を受けるものだから、人間は自分の主導的な意思が脇道に逸れることのないよう、絶えず気をつけていなければならないのだ。」

「わたしがシラーと知り合いになった際も、絶対に何かこういうデモーニッシュなものが働いていたとしか思えないよ。われわれはそれ以前でも、あるいはそれ以後でも（運命の力で）めぐり合わせられることが出来たはずなのだが、他でもない、わたしがイタリア旅行を終え、シラーは哲学的思弁に倦み始めたちょうどその時期に、二人がめぐり合うことになったのは、意味深長なことであり、どちらにとってもこの上ない大きな成果をもたらしてくれることになったのだ。[8]」

ここに引いたゲーテの言葉からだけでも、二人の出会いの意義の大きさと、それぞれの非凡な人間性の一端を窺うには十分だと思われるが、このエッカーマンに語ったゲーテの言葉の中には、先ほどの「共同して仕事をする」という一節に直接関わる言も見られるので、以下、それを手がかりにして、以後のバラード競作に至る経緯を概観しておくことにしたい。

バラードの競作へ

一八二八年十二月十六日には、ゲーテはエッカーマンに対して次のように語っている。[9]

（前略）

「ドイツ人というのは」と彼は言った、「俗物根性から抜け切れないものだね。それで連中は、シラーの物の中でも、わたしの物の中でも、印刷されている種々の二行詩のことでがみがみと論争しては、どちらが本当にシラーの物で、どちらがわたしの物なのか、はっきり突き止めることが重要だ、などと言っている始末だ。まるで、よほど大層な事を問題にしていて、それによって得られるところ大であり、目の前の作品のままでは不十分だ、とでも言わんばかりの有様だ。

シラーとわたしのような友達で、長年付き合って、関心を同じくし、毎日のように接触して、意見を交わし合っていると、互いの胸の内は手に取るように分るものだから、個々の思想がどちらのものかというようなことは、そもそも話にもならないし、問題になるなんてことは有り得るはずもなかったよ。われわれは共同してたくさんの二行詩を作ったものだが、わたしがアイディアを出し、シラーがそれを詩の形にするのはしょっちゅうのことで、その逆の場合も珍しくなかったし、シラーが一行、わたしが残りの一行を分担することもしばしばだった。そんなわけだから、これがわたしの物、こちらはきみの物、などということがどうして問題になるというのだ！　そんな疑問に黒白をつけるのはいささかなりとも重要なことだと考えたがるようでは、まだまだ俗物根性という泥沼の深みにはまっているほかにには手はなさそうだな。」

ここには、二人の「二行詩」制作における「共同」作業の実態が明らかにされていて、興味尽きないものがある。ここでゲーテが言っている「二行詩」とは、ディスティヒョン（Distichon）のことであるが、これはもともと古典語の韻律論に由来する詩形で、ヘクサーメタートとペンターメターの組み合わせから成る。二人は当時、この詩形を「共同」で製作することに意を注いでいたわけだが、その契機となったのは、シラーの主催する雑誌『ホーレン』（原義は、季節と秩序を司る女神たち、エウノミアー、ディケー、エイレーネーのこと…筆者注）に対して、諸方面から無理解な非難や悪声が放たれたため、シラーがゲーテに助力を求めたことによる。

これに対してゲーテは、熱心にシラーを促して、「クセーニエン」（元来は、古代ギリシアにおいて、招待を受けた客が家の主人と取り交わす贈り物、特に献詩の意であるが、ここでは、二人が当時の文壇を批判する手段として用いた二行形式の風刺短詩の意…筆者注）と題する寸鉄殺人的な詩を作って一矢を報いるよう提案し、一大波紋を投じることになった。参考までに、ここでそのごく一端を示せば、次の通りである。

Ein deutsches Meisterstück

Alles an diesem Gedicht ist vollkommen, Sprache, Gedanke,
Rhythmus, das einzige nur fehlt noch, es ist kein Gedicht.

ドイツの傑作

この詩に関しては　言葉、思想、リズムのどれを取っても　非の打ち所がない
たった一つだけ　まだ欠けたものがある　これは詩などという代物ではない

Deutsches Lustspiel

Toren hätten wir wohl, wir hätten Fratzen die Menge,
Leider helfen sie nur selbst zur Komödie nichts.

ドイツの喜劇

われわれは　愚者やひょっとこ面なら　事欠くことはなさそうだ
残念ながら　奴らは肝心の喜劇にだけは　何の足しにもならぬ

Der Sprachforscher
Anatomieren magst du die Sprache, doch nur ihr Kadaver;
Geist und Leben entschlüpft dem groben Skalpell.

言語研究家
きみが言語を解剖するのは結構だ　だがそれも腐肉だけのこと
精神や生命は　がさつなメス捌きから　するりとすり抜けてしまう

Gewisse Melodien
Dies ist Musik fürs Denken! Solang man sie hört, bleibt man eiskalt;
Vier, fünf Stunden darauf macht sie erst rechten Effekt.

ある種の旋律
これは考えるのに最適の音楽だ！　耳にしている限りは凍えそうだが
それから四時間、五時間経ってから　ようやく本来の効果を発揮してくる

これを見ただけでも、そこに含まれる先鋭、辛らつな毒気のほどは十分窺い知れるが、その矛先は主として、シュトルベルク兄弟を初めとする偏狭で、頑固な信仰の持ち主、ニコライのような頑迷な啓蒙

主義者、そして、当時、台頭しつつあったロマン主義文学などであったが、中でもニコライ（Nicolai, Friedrich, 1733–1811）は再三にわたって名指しで攻撃されている。それは例えば次の如くである。

Nicolai
Nicolai reiset noch immer, noch lang wird er reisen,
Aber ins Land der Vernunft findet er nimmer den Weg.

ニコライ
ニコライは相変らず旅をしている　今後もいつまでも旅を続けるだろう
だが　彼には理性の国へ至る道は　金輪際見つかりっこない

Der Todfeind
Willst du alles vertilgen, was deiner Natur nicht gemäß ist,
Nicolai, zuerst schwöre dem Schönen den Tod!

不倶戴天の敵
きみが　自分の性に合わぬものなら何でも　抹殺するつもりなら
ニコライよ　真っ先に　美に死を　と誓うがよい

Der Quellenforscher
Nicolai entdeckt die Quellen der Donau! Welch Wunder!
Sieht er gewöhnlich doch sich nach der Quelle nicht um.

源泉探検家
ニコライがドナウの源泉を発見するだと！ 何たる奇跡！
ふだんは源泉など見向きもしない奴なのに

この背景には、ニコライがベルリンを拠点にした啓蒙主義の教条的な中心人物として影響力を発揮した作家、兼発行者であり、非合理的なものは一切認めず、挙句には、ゲーテの『若きヴェルテルの悩み』のパロディを作ったりしたこともあったという事実があり、それがこのように痛烈な風刺につながったものと思われる。

いずれにしても、これらの風刺詩はかえって敵の数を増やすだけという結果になった。その経緯についてはベルガーに詳しいが[10]、いずれにしても、「ありとあらゆる方面から包囲され、圧迫されたために、かれらは完膚なきまでに相手の息の根を止める、という言い方が悪ければ、相手の蒙を開く戦闘的な一撃によって、新たな道を切り開いて行かざるを得なくなった[11]」のである。

このような事情を背景にして、二人は「叙事詩と抒情詩の境目で生動し、かつ、戯曲的なものとの極めて緊密な結び付きが可能な文学様式、即ち、バラード詩作[12]」に活路を見出し、「相互に鑑定し合い、励ましあい[13]」ながら、バラードを競作していくことになった。こうして、「ドイツのポエジーの庭における真実の華麗な花壇を形作る数々の詩のフローラ（原義は、ローマ神話において、花と豊穣と春を司る女神の意。転じて、特定の地域、時代の植物相を意味する…筆者注）がたちまち開花し」[14]て、バラードの傑作が続々と生み出され、両者それぞれの独自性を存分に発揮することによって、文壇の覇者としての実を示すことになったのである。

註

（1）Vgl. Burschell, Friedrich: Friedrich Schiller in Selbstzeugnissen und Bilddokumenten. Rowohlt Taschenbuch Verlag GmbH, Hamburg, 1958. S. 23. 相良守峯：『ドイツ文学史　古典篇』角川全書、東京、一九六三、二四九頁。

（2）Goethes Leben von Tag zu Tag. Eine dokumentarische Chronik von Robert Steiger. Bd. III. Artemis Verlag Zürich und München. 1984. S. 320f.

（3）SW. Bd. 27. S. 24ff.

（4）SW. Bd. 27. S. 32.

（5）SW. Bd. 35. S. 42.

（6）SW. 37I. S. 213.

（7）Eckermann, Johann Peter: Gespräche mit Goethe. In den letzten Jahren seines Lebens. Sonderausgabe. Die Tempel-Klassiker. Emil Vollmer Verlag Wiesbaden. S. 221.

（8）a.a.O., S. 342.

（9）a.a.O., S. 308f.

(10) Vgl. Berger, Karl: Schiller. Sein Leben und seine Werke. 2. Bd. C. H. Becksche Verlagsbuchhandlung. München. 1924. S. 323–343.

(11) a.a.O., S. 323.

(12) a.a.O., S. 343.

(13) Oellers, Norbert: Friedrich Schiller. In: Deutsche Dichter. Bd. 4. Sturm und Drang, Klassik. Philipp Reclam jun. Stuttgart 1989. S. 298.

(14) Viehoff, Heinrich: Schillers Gedichte. Franckh'sche Verlagshandlung. Stuttgart 1895. 3. Tl. S. 5.

美神を刻むゲーテ――『ピュグマリオン』

ゲーテの初期バラードについて

本書で取り上げる作品は、一七九七年の「バラードの年」に関わるものが大半であるが、実は、ゲーテはすでに、これよりはるか以前から、このバラードという詩形式にひとかたならぬ興味と関心を示していた。それは、このジャンルが彼の自在な詩的想像力を盛るのに最もふさわしい器と見えたからだと思われる。彼がシュトゥルム・ウント・ドラング時代には、よく知られた『野バラ』(Heidenröslein, 1771)、『すみれ』(Ein Veilchen auf der Wiese, 1773–74)、『トゥーレの王』(Der König in Thule, 1774)、『不実者』(Der untreue Knabe, 1775)などのバラードを物し、これに続く壮年期には、『漁師』(Der Fischer, 1778)、『魔王』(Erlkönig, 1782)、『歌師』(Der Sänger, 1783)などの諸作を生み出したのは、その何よりの表れである。

しかるに、本章で扱う『ピュグマリオン』(Pygmalion)は、これらの作品より更に早く、一七六七年の作であり、彼の処女詩集『アネッテ』中の一篇である。但し、これは印刷されて刊行されたものではなく、ゲーテのライプツィヒ遊学時代の友人ベーリッシュ（Behrisch, Ernst Wolfgang, 1738–1809）が清書して本の形にしたもので、一七六七年八月に完成したとされる。[1] この間の事情は『詩と真実』第七章に詳しいが、それを適宜抜き書きすれば次の如くである。

「ところで、彼（ベーリッシュのこと…筆者注）は豊かな学識の持ち主で、特に近代の語学、及び文学に精通し、筆跡も見事であった。彼はわたしに対して非常に好意を持ってくれたし、わたしの方はいつも年長者と付き合うことに慣れ、それが性にも合っていたので、たちまち彼に愛着を抱くようになった。」

「彼はわたし自身の作品は大目に受け入れて、好きなようにさせてくれたが、但し、それにはわたしの書いたものは絶対に印刷させないという条件がついていた。その代りに、彼は優れていると思われるわたしの作品を自分の手で清書し、それを美しく製本して、わたしに贈ろうと約束した。」

「清書がますます美しく、入念なものになってゆくのにつれて、わたしの方もますます熱心に詩作に励むことになったが、その目指す方向は、いまや完全に自然なもの、真実のものへと向かっていった。[2]」

ただ、「この手書き処女詩集は久しく失なわれ忘れられていたが、ゲーテの死後、彼の女友だちゲヒハウゼン嬢の遺品の中に『ファウスト初稿』などと共に発見されて、一八九四年にゲーテ・シラー文庫に納められ、一八九六年ワイマール版ゲーテ全集第三七巻に初めて印刷された」ことは万足氏の説かれる通りである。[3] 現在、われわれはこの『ピュグマリオン』という作品を、右のワイマール版以外にも、ハンザー、フランクフルト、コッタ、ライプツィヒ、アルテミスなどの諸版でも読むことが出来るが、ハンブルク版には収められていない。このような事情もあってか、この作についてのまとまった論考は、これまで殆ど見られないようである。

ところで、この詩集のタイトルとして冠せられた「アネッテ」という固有名詞が、ゲーテのライプツィヒ時代の恋人シェーンコップ（Schönkopf, Anna Katharina）の愛称の一つであることは周知のところであるが、このように自分の恋人の名前を詩集のタイトルに用いることは、「当時としては古今未曾有の大胆な試みであったらしい(4)」ことを意識してか、ゲーテ自身、この一連の詩群のプロローグとも言うべき『アネッテに』（An Annetten）という詩の中で、自らの心情を次のように弁明している。

古の人々は　みずからの書物を
名づけるのに　神々や
ミューズや　友の名を借りたが
恋人の名を使った者はいなかった
ぼくにとっての神であり
ミューズであり　親愛な友であり
すべてであるアネッテよ　どうしてぼくが
この本を　いとしいきみの名前にちなんで
名づけていけないことがあるだろう

ここには、当時一八歳の学生であったゲーテの、怖いもの知らずと言ってもいい客気のほどは明らかだが、これも、初めて親元を離れて思い切り羽を伸ばし、当時流行のアナクレオンの風潮にどっぷり身を浸していた彼の青春時代の一側面を物語るものと見れば、それなりに興味深い証言として理解できるだろう。

それはともかく、彼はこの『ピュグマリオン』に「一つのロマンツェ」という副題を付けているので、作品の検討に入る前に、ここで「ロマンツェ」と「バラード」という語について、簡単に整理をしておくことにしたい。

「ロマンツェ」と「バラード」について

パウルによれば、[5]この「ロマンツェ」(Romanze)という語は、「ロマン」(Roman)と同様、もともとロマンス語系の民衆語による詩作を意味するフランス語の「ロマンス」(romance)に由来する(グリムはこの他にも、スペイン語の romance 及びイタリア語の romanzo を挙げている)。[6]スペインでは、人為性の強いイタリア形式の模倣とは反対に、この語は特に、民衆的な形式による歌謡を表すものとして用いられた。これらの歌謡は、全体を通してというわけではないが、部分的に物語的な内容を含むものであった。アナクレオン派の代表的詩人グライム(Gleim, Johann Wilhelm Ludwig, 1719–1803)は、このスペインのロマンツェを一部は直接、一部は間接的に模倣することを通して、一七五六年にこの名称をドイツに導入し、ここにおいてこの名称は、特に物語的な歌謡の新しいジャンルを表すものとして定着した。

これに対して、「バラード」の方は、同じくパウルによれば、[7]フランス語の ballade、イタリア語の ballata に由来し、「舞踏歌」を意味する。今日一般的に使われている意味は、プロヴァンス語から借用された英語の ballad につながるものである。これはもともと、ダンスに合わせて歌われた歌謡を意味していたが、その後、民衆的な歌謡全般を指すものとなった。イギリスの民謡の多くは、物語的な内容を含んでいたので、これが広く知られるにつれて、ドイツでは十八世紀の六〇年代以降、バラードと言えばイギリス流の叙事的歌謡の意で解されるのが常となった。その嚆矢となったのが、前記のグライムによる『マリアンネ』(Marianne, 1756) や、「ドイツ譚詩の基礎をすえたともいうべき」[8]ビュルガー (Bürger, Gottfried August, 1747–1794) の『ハイカラ物語』(Stutzerballade, 1769) であった。

このバラードのドイツにおける発展史については、W・カイザーがその諸相を詳細に論じているが[9]、ゲーテとシラーのバラード作品の具体的な内実を見ていこうとするわれわれとしては、後にも触れるように、この語を「抒情詩的要素と、叙事詩的要素と、戯曲的要素が渾然として一体化して、作者のファンタジーが縦横に横溢している物語詩」といった意味に解しておきたい。そもそも、「ゲーテにあっては、ロマンツェとバラードの区別はそれほどやかましくはない」[10]ことは確かであり、現に彼は『コリントの花嫁』の制作日記でも、両者を同義語として用いていることも考え併せて、ここではこの作品も広義のバラードと呼ぶことにしたい。強いて言えば、「バラードが北方的で荘重であるのに対して、ロマンツェは南方的で軽快である」[11]ところに、両者の色合いの違いが求められるかと思われる。その点では、ゲーテがこの作品を「ロマンツェ」としたことには、それなりの自覚があったとも考えられる。というのも、この「ピュグマリオン」という言葉自体が、「南方」系に由来するものだからである。それについて確認しておけば、以下の通りである。

ピュグマリオンについて

例えばジョーブスの『神話、民俗学、シンボル辞典』及び、高津春繁の『ギリシア・ローマ神話辞典』の説くところによれば、この語について、「シリアのテュロスTyrosの王で、エリッサ（＝ディードー）の兄弟。彼女の夫アケルバース（あるいはシュカイオス）を、その財産を奪うために殺した[12]」という説明の他に、次のような記述が見られる。

ギリシア神話で、キュプロスの王であり、結婚嫌い。アプロディーテーの像を彫ったが、自分の作に対して恋してしまった。彼の祈りに応えて、女神はその彫像に生命を吹き込んだので、彼はそれと結婚するに至った。現代文学では、この彫像はガラテアと呼ばれる。神話では、冷たい地上に春の生命を吹き込むアプロディーテーに言及している。他の解釈では、愛は生命を呼び覚ますとしている。[13]

いずれにしても、「これはよく知られた伝説で、ゲーテは少年時代にオーヴィドの『変身』で読んで知っていた[14]」ことは、ハンザー版及び古典版の註にも明記されているところであり[15]、『詩と真実』の中でもしばしばこの作品についての言及が見られることからしても[16]、確かなことと思われる。ゲーテの読んだその話とは、およそ次のようなものである[17]。

物語は先ず、ピュグマリオンが結婚嫌いになった前提となる事情について、「けれども、あのけがらわしい、プロポイトスの娘たちは、なま意気にも、／ウェヌスが神であることを否定した。その報いには、女神の怒りがくだる。こうして、／彼女たちは、世界ではじめて、そのからだと美貌とをひさぐことになったという」とした上で、「ピュグマリオン」の章で、「彼女たちが汚辱のうちに生活を送っているのを見たのが、／ピュグマリオンだった。その結果、彼は、／本来女性の心に与えられている数多くの欠陥にうんざりして、／妻をめとることはなしに、独身生活を守っていた。／が、そうこうするうちに、持ち前のすばらしい腕前によって、／真っ白な象牙を刻み、生身《なまみ》の女ではありようもないほどの容姿を与えたまではよかったが、／みずからのその作品に恋を覚えたのだ」と語り始める。

彼が自分の彫った彫像に「恋を覚えた」のも道理、「その彫像は、ほんものの乙女のような姿をしていて、まるで生きているように思えたし、／もし恥らいによって妨げられなければ、動き出そうといているよう」な清新な魅力を湛えていて、「それほどまでに、いわば、技巧が技巧を隠していた」というほどの見事な出来栄えだった。

その結果、彼は、「呆然《ぼうぜん》と像を眺め、この模像に胸の火を燃やした」だけでなく、これに「口づけを与え、反応があると考え、話しかけて、抱きしめる」という挙に出る。その後も彼は彼女に「甘い言葉をかけ、「貝殻だの、すべっこい小石だの、／小鳥だの、色とりどりの花」という「女の子が喜ぶ贈り物」をし、「像を衣装で飾った」り、「指には宝石をはめ、頸《くび》には、長い頸飾りをつけ」てやり、その耳には「軽やかな真珠」、胸には「胸飾り」を飾りつけて、「フェニキア産の紫貝で染めた褥《しとね》に横たわらせ、／愛《いと》しい妻と呼んで、柔らかい羽根の枕に頸を乗せて」やった挙句に、「キュプロス全島で盛大に祝われる、ウェヌス女神の祭の日」を待ち兼ねたかのように、「祭壇の前」で、「おずおず」とながら、女神に向って祈願するに至る。

その祈願の趣とは、「神々よ、すべてを与えることがおできになるなら、／わたしの妻として」──象牙の乙女とはいいそびれて──／「象牙の乙女に似た女をいただけますように！」というものであった。

これに対し、女神は「彼の祈りの意味をさとると、神がそれを叶《かな》えたというしるしを与え」たので、ピュグマリオンは、「家に帰ると、自分が作った乙女の像に駆け寄っ」て、「寝床のうえにかがみこんで、口づけを与え」る仕儀となる。すると、「像は、何だか温かいように思われた」ため、彼は「ふたたび、口づけをする」ばかりではなく、「手で胸に触れたり」しているうちに、その像は「まぎれもない、人間のからだ」と化してしまう。かくしてピュグマリオンはその乙女と結婚することになるのである。

なお、これと同様に、自分の彫った女人像と一体化する物語として、幸田露伴の出世作『風流佛』（明治二十二年＝一八八九）があることを付け加えておきたい。そこでは、「珠運」という二十一歳の仏師が、「昔の工匠《たくみ》の跡訪《と》はん」と奈良、鎌倉、日光などを経巡った後、木曽路に入り、ふとした機縁から「お辰」という「花漬売」に身をやつした貴種の美女と知り合うことになり、その面影が忘れ難く、「人の天眞の美を露《あら》はさん」として、習い覚えた技の限りを尽して「荘厳端麗《しょうごんたんれい》あり難き実相美妙《じっそうみみょう》の風流佛」を刻み上げ、「お辰と共に手を携《たず》さえ肩を駢《なら》べて悠々と雲の上」に登っていく事の次第が描き出されている。「美神」へのあくなき欲求は彼我相通じるものがあるという点で、興味深い作品である。

以上、ゲーテの『ピュグマリオン』に関わる背景について概観したところで、われわれはこの若書きのテキストに即して、この物語詩固有の魅力について見ていくことにしたい。

主人公の人物設定

ヤンブスと交差韻で一貫した各節四行、計一七詩節から成るこのバラードの最初の三詩節において、作者は早くも主人公の人物像を次のように紹介しているが、これはこの詩一篇のストーリーの展開にとって欠かすことの出来ない伏線ともなっている。

Es war einmal ein Hagenstolz,
Der hieß Pygmalion;
Er machte manches Bild von Holz
Von Marmor und Tohn.

Und dieses war sein Zeitvertreib,
Und alle seine Lust.
Kein junges schönes sanftes Weib
Erwärmte seine Brust.

Denn er war klug und furchte sehr
Der Hörner schwer Gewicht;
Denn schon seit vielen Jahren her
Traut man den Weibern nicht. (I, 1–III, 12)

その昔　妻帯を好まぬ堅物がいて
その名を　ピュグマリオンといった
そいつは　木だとか　大理石
粘土を使って　くさぐさの像を彫っていた

これが彼の気晴らし
たった一つの道楽だった
若くて　きれいな　女の柔肌が
その胸を熱くすることもなかった

利口な奴なので　角の重みには
とりわけ念入りに刻みをつけて　彫り込んだ
もう随分と久しい以前から　世間では
女たちが信じられなくなっていたものだから

ここでは先ず何よりも、冒頭の一行における“Hagenstolz”という一語が目に付く。というのも、これはもともと、「妻帯しない中年過ぎの（変わり者の）男、独身主義者」を意味する語であり、この一語によって、この主人公の性格付けが明確に規定されるのみならず、その後の物語の展開の大前提となる重みを持つものだからである。果せるかな、彼は専ら生命の通わぬ「木」や、「大理石」や、「粘土」を相手にして「気晴らし」をし、それを「たった一つの道楽」とするばかりで、血の通った、生身の「若くて　きれいな　女の柔肌が／その胸を熱くすることもなかった」というのだから、その「堅物」ぶりは一目瞭然である。

しかるに、これに続く第Ⅲ詩節の詩句を見れば、それにはそれなりの背景があったらしいことが推測される。中でも、注目されるのは、「角の重みには／とりわけ念入りに刻みをつけて　彫り込んだ」という一節である。ここで使われている“Hörner”という一語が、“Sie setzt ihrem Manne Hörner auf.”（彼女は夫を騙して他の男と通じる）、“Er hat dir Hörner aufgesetzt.”（彼はきみの細君と浮気した）、“Hörner tragen”（妻を寝取られる）等、いずれも俗語的表現のレベルとはいえ、甚だ芳しからぬ意で使われることから見て、この語に込めた彼の恨みの程は思いのほかに深いように思われる。即ち、作者はこの語にまつわる右のような意味合いを十分に意識した上で、その「角の重み」に「とりわけ念入りに刻みをつけ」ることによって、「利口」な自分だけはそのような愚を犯したくはない、というピュグマリオンの自戒の念を強調してみせたものと思われる。それもこれも、「もう随分と久しい以前から　世間では／女たちが信じられなくなっていた」という現実に由来する。

このようにして作者が「木」や「大理石」や「粘土」という無機質の材料と、「若くて　きれいな女の柔肌」という官能的な肉体性を並列させせながら、“kein”という否定詞の働きによって、両者のつながりを断絶させ、主人公の女嫌いぶりを強調してみせるのは、当然予想される如く、その後の展開を劇的に盛り上げるための仕掛けなのである。ここにも、当時一八歳のゲーテの早熟な詩的天分は遺憾なく発揮されていると言えるだろう。
さて、その劇的展開は、次のように歌い継がれていくが、その転換点となっている点で見逃すことの出来ないのが、右の三つの詩節に続く第Ⅳ詩節である。

ピュグマリオンの転機

ピュグマリオン自身も予期せぬ転機について、作者は次のように描写する。

Doch es sey einer noch so wild,
Gern wird er Mädgen sehn.
Drum macht' er sich gar manches Bild
Von Mädgen jung und schön. (IV, 13–16)

だが　男なら　やはり激しい熱気を持ちたいもの
男なら　若い女性を見て喜ぶもの
かくしてこの男　みずみずしくも美しい
ここだの女人像を刻み上げることとなった

ここでは先ず、冒頭の接続詞“doch”の働きが、殊のほか大きな比重を占めているように思われる。

この一語によって、それまでに描写されていた「ピュグマリオン」の人物像が覆され、それとは打って変った彼の女性崇拝ぶりが浮き彫りにされる重要な転機が促されるからである。

しかるに、作者は事を急がず、先ずは一般論から話を始める。それが「男なら　やはり激しい熱気を持ちたいもの」という、要求話法による一文であり、「男なら　若い女性を見て喜ぶもの」という、推量の助動詞による控えめな断定である。作者はこのように、誰にでも首肯出来る、普遍的な男の性向をやんわりと提示して、読者の抵抗感を和らげた上で、主人公の現実の行動を写し取っていく。こうなれば、この主人公はまさに作者の意のままに動いていくほかはなくなり、「かくしてこの男　みずみずしくも美しい／ここだの女人像を刻み上げることとなった」のである。

こうして彼は、「見る者　驚嘆せざるはない」というほどの、「きらめくばかりに美しい／みずみずしい女性」の像を彫り上げることになる(V, 18ff.)。果して、彼の目の前に立ち上がってきたその女性像は、「冷たい石」という素材で出来たとはとても思えない「生気」に満ち、魅惑的な「柔肌」を持ち、火照るような「熱気」を持つものであった。しかも、作者はこのような“belebt”“weich”“warm”という、いわばありふれた形容詞の羅列では満足せず、彼女が「高く盛り上がった乳房」と「真っ白な腕」を持ち、「抱いてくれと誘いを掛けた」として、きわめて具象的なイメージを提示し、濃密な官能性を現出して見せる(VI, 21–24)。

なお、この一節で、この彫像の素材に関する表現において、ワイマール版及びライプツィヒ版、コッタ版では、文法の規則に則って、“von kaltem Stein”となっているのに対して、古典版及びハンザー版では、“von kalten Stein”とされていることを指摘しておきたい。

それはともかく、作者がここでこの石像に「生命を吹き込んだ」ことに関して、われわれはいやでも、あの『ヴィルヘルム・マイスターの遍歴時代』の一節を思い出さざるを得ない。というのも、この作品の第三巻第三章において、「外衣をまとわぬ人間こそ、本来の人間です。彫刻家とは、不恰好で不快を催す粘土をこねて、それをこの上もなく見事な姿に造り替える術を心得ていた、神々のすぐ傍に立つ者です。彫刻家とは、このような神の如き思想を抱く者でなければなりません。汚れなき人間にとっては、すべてが汚れないものです。自然における神の直接の意図が、どうして純粋でないことがあるでしょうか？」[18]という文言が見られるからである。

かれこれ考え併せると、造形芸術に対するゲーテの信念は終始一貫して揺ぎがないように見える。そう見れば、彼がここで「冷たい石」から、魅惑的な女性の像を刻み上げてみせるのも、さして異とするにも当らないだろう。

かくして、この物語詩はいよいよ具体的に動き出してゆく。

恋の始動

前の詩節において、血の通っていないはずの石像に「生気」を吹き込んだ作者は、さらに一歩を進めて、今度は、その造り上げられた像の「目」や「口」という具体的な身体器官を通じて、そこに湛えられている表情をリアルに活写してみせる。

Das Auge war empor gewandt,
Halb auf zum Kuß der Mund.
Er sah das Werk von seiner Hand,
Und Amor schoß ihn wund. (VII, 25–28)

目は上に向き
口元は半ば開いて　くちづけを待つ風情
みずからの手に成る作に見惚れているうちに
アモルは痛いところに矢を打ち込んだ

簡潔過ぎるほどのこの詩句には、向い合う石像とピュグマリオンの生命の交流が余すところなく描き出されている。その躍動感は、“empor”“auf”という上昇感を示す副詞の適切な使用に由来する。しかも、その「口元」は「くちづけを待つ風情」を見せているというのだから、彼が「みずからの手に成る作に見惚れ」るというのも、自然の成り行きと言うべきだろう。この時点ですでに、打てば響くような両者の心的な合一は成就したと言っても過言でない。

それを見澄ましたかのように発せられるのが、「アモルの矢」というわけである。この神が恋を司る児神であることについては、いまや多言を要しないが、今まさに彼の放った矢が、ピュグマリオンの「痛いところ」を直撃するのである。ここで使われている、結果を示す副詞“wund”がもともと、「(外皮、粘膜などの）すりむけた、赤膚になった、ただれてひりひり痛む」などの意を表すことを考えれば、この矢の威力の程は容易に察しがつく。

案の定、彼は「芯の髄まで恋心に満たされ」た挙句、「冷たい石像に／灼けんばかりの熱い血を滾らせて抱きつく」という挙に出る（VIII, 29–32）。これが狂気の沙汰であるのは言うまでもないが、そのことは、たまたまそれを見かけた「親友」が、彼を“Narr”（愚者、たわけ）と見て、「ごつごつした石《いし》塊《くれ》に抱きつくとは／何たるたわけ者か！」と発する一言に言い尽されている（IX, 33–36）。

その挙句、この「親友」はピュグマリオンに向って、「おれには買い求めた美女がいる／所望ならそれをきみに進ぜようか？／その方が　こんな石塊《いしくれ》の女なぞより／何倍も気に入ることは請け合いだ」と言って、甚だ現実的な提案まで申し出る（X, 37–40）。人身売買という倫理的な問題はここではひとまず置いて、これが人間の本性からすれば極めて自然で、常識的な申し出であることは確かだろう。

「親友」のこの提案に対して、ピュグマリオンの方はと言えば、「この女をとっくりと値踏みし」た上で、「生身の女の方が／石の女より良いに決まっているよ」と応じて、一も二もなくその申し出を受け入れてしまう（XI, 41–44）。この返答がいささかの思慮をめぐらすいとまもなくなされたことは、“Er spricht zu seinem Freunde, ja.”（「彼は友に向い　うんと返事した」（XII, 1））という、歯切れが良すぎるほどの簡潔な行文から読み取れる。その快調なテンポは、これに続く“Der geht und holt sie her.”（「友はさっそくその女を連れに行く」（XII, 2））以下の、現在時称を駆使した文体によって引き継がれていく。その緩急の配合の妙は、第Ⅺ詩節までの前半部においては、専ら過去時称によって物語の進行が説明されていたのに対して、第Ⅻ詩節以下の後半部は現在時称が主となって、主人公の心理の変化をリアルに描き出していることに由来する。その点で見過しに出来ないのは、次の二行であろう。

Er glühte schon eh er sie sah,
Jetzt glüht er zweymal mehr.（XII,47f.）

まだ見ぬ先から　心は熱く燃え上がっていたが
今や　その二倍も熱く燃えさかる

ここには、それまで「冷たい石像を　熱い血を滾らせて抱く」（VIII, 31f.）ことで自足していたピュグマリオンと、生身の女性を目の当りにした時の彼の心逸りが、鮮明に浮き彫りにされている。そのことは、とりわけ「まだ見ぬ先から」という一句に集約されているように見える。つまり、これによって、日ごろから「みずみずしい」魅力を湛えた生身の女性を渇望していた、彼の偽らぬ心情が確認されるからである。それが確かな現実となった「今」となれば、その心が「二倍も熱く燃えさかる」というのも、自然の勢いというものだろう。

これは一面、彼が「みずからの手で刻み上げる石像」は、「生身の女性」を導き出すための代替物に過ぎなかったことを意味すると考えられるだろう。その一方で、真に迫った出来栄えを見せるこの石像があったからこそ、彼は待望の現実の女性と出会うことが出来たとすれば、この石像は、彼にとってはかけがえのない美神の役割を果していたとも考えられる。

いずれにしても、これが大きな転機となって、この物語詩は大詰めの展開へとつながっていく。

アモルの威力

現実の女性と向き合うことになったピュグマリオンの行動を、作者はスピード感溢れる筆致で次のように描写する。

Er athmet tief, sein Herze schlug,
Er eilt, und ohne Trau
Nimmt er — Man ist nicht immer klug,
Nimmt er sie sich zur Frau. (XIII, 49–52)

彼は深々と息を吸う　心の臓が早鐘を打っていたものだから
先を急いで　式を挙げるいとまもあらばこそ
妻を娶る慌てぶり——人間いつもお利巧しちゃおれぬ
彼女を妻としてしまう

この性急なまでのリズム感は、四ヘーブングと三ヘーブングのヤンブスが一行毎に交替する韻律の表現効果に由来する。その急速調の事態の進行は、畳み掛けるような現在時称の重用によって倍化されるが、その前提となっているのが、ここでただ一度使用されている“sein Herze schlug”という過去時称による事実の説明である。つまり、「心の臓が早鐘を打っていた」からこそ、彼はそれを鎮めようとして「深々と息を吸う」のであり、「式を挙げるいとまもあらばこそ」という勢いで、あわただしく「妻を娶る」ことになるのである。その点で、この過去時称による一文は、ピュグマリオンの性急な行動にリアリティを付与するために不可欠の重みを持つものとなっている。

かくして彼は、みずから刻み上げた美神に恋をしたことが契機となって、人間としての常態に目覚め、めでたく妻を迎えるという尋常な結末に辿り着いたのである。言い換えれば、ピュグマリオンに関わる物語はここで一件落着し、残りの四つの詩節は、彼をここまで導いてきた原動力としてのアモルの威力を強調するに過ぎないかとも見える。

しかし、その一方では、ここにはおのずから、作者の年来の女性観が早くも垣間見られるという点で、やはり見過しには出来ないように思われる。

ゲーテの女性観の原点

作者は第XIV詩節では、「諸君よ　逃げるな恋の魔手から／逃げても逃げれぬ恋の国／アモルの手にかかったが最後／もうおしまいだ」（XIV, 53–56）として、止めても止まらぬ恋の激情を強調する。ここに、終生にわたる恋の探求者ゲーテの本音を見るのは、むしろ極めて自然なことだろう。そう見れば、ここで「諸君」（Freunde）と言って、世の男たちに向けて呼びかけて、一般化している体裁を取ってはいるものの、その内実は、我と我が身に訴えかけている作者の心裡もおのずから見えてくる。

そういう彼の心情は、これに続く三つの詩節においても同様で、「心猛く　女という女から逃げおおせ／心動かされることはないと自負していても／ひとたび別嬪さんの顔を拝んだとたん／心奪われるのが男の習い」（XV, 57–60）と言い、「それゆえ　いつでも女たちを見ては　くちづけし／充分過ぎるほどに可愛がり／それに馴染んで　間違っても／あの彫刻家の愚を犯しちゃならぬ」（XVI, 61–64）と言って、恋の讃歌を繰り広げる。

このように、恋の魅惑をさんざん吹聴した挙句、作者はいよいよ結びの詩節に至る。

Nun, lieben Freunde, merkt euch diß,
Und folget mir genau;
Sonst straft euch Amor ganz gewiß,
Und giebt euch eine Frau.（XVII, 65–68）

さて　親愛なる諸君　よく肝に銘じて
わたしの言う通りにするがよい
さもないと　アモルがきっと罰を下して
女房とやらを押し付けてくるぞ

これは、数々の女性と出会っては恋に落ち、それからの逃走を繰り返したゲーテの女性遍歴を知っているわれわれには、殊のほか興味深い一節だと思われる。例えば、彼はゼーゼンハイムのフリーデリケ・ブリオンの純真な愛を裏切ったのを初めとして、フランクフルトのリリー・シェーネマンとは婚約にまで至りながら、みずからの意思でそれを破棄したし、その後、ワイマールでは「良心結婚」と称して長年入籍もしないまま、クリスティアーネとの気ままな官能生活を楽しんだが、それもこれも、彼の身勝手なエゴイズムから出たものと言うよりも、妻帯することによって行動の自由が制約されることに対する本能的な恐怖、よく言えば、彼の上昇志向に根ざすものと思われる。

そういう彼の生来の自由な行動意欲が根底にあって、一方ではアモルの誘いを歓びつつ、他方では、その結果として、家庭のしがらみに絡めとられることを警戒する気持ちが、「アモルがきっと罰を下して／女房とやらを押し付けてくるぞ」という結びの一句に結実したものと思われる。

しかも、この詩を書いたのが弱冠一八歳の時だったという事実を考え併せれば、彼がここでこのような詩句を書き記したことは、早くよりいかに老成していたかというよりも、みずからの本性を本能的によく察知していたことを物語っていると解すべきだろう。彼の「美神」へのあくなき欲求が生涯にわたるものであることは改めて断るまでもないが、いずれにしても、彼の生涯最大のテーマが、ここで早くもその片鱗を見せている点で、この詩は若書きの未熟さは散見されるにしても、石像から生身の女性への変心（＝変身）を、時にメルヒェン風に、時にユーモラスに描き出す筆の冴えは、後日の大を予感させるに十分なものがあり、やはり決して見過しには出来ない意義を持つものと言ってよいだろう。

註

本章のテキストとしては、主としてGoethes Werke. Weimar. Hermann Böhlaus Nachfolger. 1896. 37. Bd.（ワイマール版と略記）を用い、適宜以下の諸版を参照した。

Goethes Werke. Festausgabe. Bibliographisches Institut. Lepzig. 1826–1926. 2. Bd.（ライプツィヒ版と略記）

Goethes Sämtliche Werke. Jubiläumsausgabe. Stuttgart und Berlin. J. G. Cotta'sche Buchhandlung Nachfolger. 3. Bd.（コッタ版と略記）

Johann Wolfgang Goethe. Sämtliche Werke nach Epochen seines Schaffens. Carl Hanser Verlag München. 1985. Band I. 1.（ハンザー版と略記）

Johann Wolfgang Goethe. Sämtliche Werke. Deutscher Klassiker Verlag. Frankfurt am Main. 1987. I. Abteilung. Band I.（古典版と略記）

Goethes Werke. 6. Aufl. Christian Wegner Verlag.Hamburg. 1967. Bd. IX.（ハンブルク版と略記）

Johann Wolfgang Goethe. Gedenkausgabe der Werke, Briefe und Gespräche. Artemis-Verlag Zürich. 1953. 2. Teil. 2. Bd.（アルテミス版と略記）

（1）万足卓：『魔法使いの弟子　評釈・ゲーテのバラード名作集』三修社、東京、一九八二、一一頁参照。

（2）ハンブルク版：S. 297ff.

（3）万足：一一頁以下。Vgl. Boerner, Peter: Johann Wolfgang von Goethe in Selbstzeugnissen und Bilddokumenten. Rowohlt Taschenbuch Verlag GmbH, Reinbeck bei Hamburg. 1964. S. 140f.

（4）万足：一二頁。

(5) Paul, Hermann: Deutsches Wörterbuch. 6. Aufl. Max Niemeyer Verlag. Tübingen. 1966. S. 516f.
(6) Grimm: Deutsches Wörterbuch. Verlag von S. Hirzel. Leipzig 1893. 8. Bd. S. 1157.
(7) Paul: S. 68.
(8) 相良守峯：『ドイツ文学史　古典篇』、角川全書、東京、一九六三、一四一頁。
(9) Vgl. Kayser, Wolfgang: Geschichte der deutschen Ballade. Junker und Dünnhaupt Verlag / Berlin. 1936.
(10) 万足：一一八頁。
(11) 同書一四頁。
(12) 高津春繁：『ギリシア・ローマ神話辞典』、岩波書店、東京、一九六七、二〇六頁。
(13) Jobes, Gertrude: Dictionary of Mythologie, Folklore and Symbols. Part 2. The Scarecrow Press, Inc. New York. 1962. S. 1306.
(14) 万足：一二頁。
(15) Vgl. ハンザー版：S. 807. 古典版：S. 789.
(16) Vgl. ハンザー版：Bd. IX, S. 107, S. 353, S. 413.
(17) オウィディウス、中村善也訳：『変身物語(下)』岩波文庫、東京、七三頁以下。
(18) 古典版：I. Abteilung. Bd. 10. S. 607.

宝を掘るゲーテ――『宝掘り』

一七九七年が、ゲーテとシラーによるバラードの競演に因んで「バラードの年」とされ、両者の作品を掲載した翌年のシラーの『詩神年鑑』が「バラード年鑑」と称されることについては、すでに再三触れた通りであるが、ここでいま一度、この年に作られたゲーテの主なバラード制作に限って整理しておけば、『宝掘り』の成立が一七九七年五月、『コリントの花嫁』が同年六月、『神と遊女』がやはり同年六月、『魔法使いの弟子』が同年七月という具合に、彼のバラード作品を代表する名作が、この年に次から次に生み出されていった。(1) 質と量の両面で、まさしく「バラードの年」と呼ぶにふさわしい成果である。

中でも、ここで取り上げる『宝掘り』は、ゲーテとシラーの両者が、それまでうさんくさい価値しか認められていなかったバラードというジャンルに、新しい意味づけをしようという同一の目的を追求し、その目的に沿ってそれぞれに実作を試みた一連の成果の端緒となっているだけではなく、(2) ゲーテがバラードという無尽蔵の詩の鉱脈＝宝庫を文字通り「掘り」起す契機となった点で、シュタイガーの批判的な見方とは別に[3]、われわれにはやはり見過しに出来ない作品だと思われる。そもそも、彼がバラードに興味を抱くようになったのも、彼に文学開眼をもたらした師ヘルダーが、これを文学の根源として称揚していたことが大きく関わり合っているものと思われるが、ゲーテにとっても、このバラードが叙事的、抒情的、戯曲的要素を未だ未分化のままに内包していることが[4]、逆に尽きせぬ源泉と見えたであろうことは想像に難くない。そのことは、「ここ（＝バラード）では作詩法全体に関わる諸要素が未だ分化しておらず、単に抱卵されることが許されるだけの、一個の生きた原卵（ゲーテの自然観を示す有名な著作『植物変形論』における基本概念である「原植物」と同様に、一つの有機体の根源形態を言語化しようとして考え出された造語だと思われる…筆者注）の中と同様に、全体がひっくるめられていて、それがやがて至上の現象となって、黄金の翼に乗って虚空へ舞い上るのである[5]」という、ゲーテ自身の言からも裏付けられる。

それはともかく、トゥルンツによれば、「ゲーテはこの詩によって再びバラードに近づいていった[6]」のであるが、確かに、この詩は韻律技巧上の複雑化、自由奔放な想像力の飛翔、詩的世界の成熟などの点で、『野バラ』（一七七一）、『トゥーレの王』（一七七四）、『魔王』（一七八〇）を初めとする、よく知られたそれまでの一連のバラード作品の命脈を保ちつつも、それらとは一線を画すターニングポイントとなった作品と言ってよいだろう。と同時に、「この詩からは、ゲーテが当初からファウストで試みたこと、即ち、厳禁された魔術を精神の必然的で偉大な営みへと解釈し直していることが読み取れる[7]」という点で、この作品は、ゲーテ畢生の大作『ファウスト』と通じ合うところも少なくないように思われる。そのようなことも念頭に置きながら、本章では特に、この作品の歴史的な意義に着目して若干の考察を試みることにしたい。

前口上

この詩はもともと、ペトラルカ（一三〇四―一三七四）の詩のドイツ語訳と、それに添えられていた銅版画がヒントとなって、「ひとりの子供がひとりの宝掘りに光り輝く酒盃を運んで来る」という構想へと具体化してきたもののようであるが、(8) その出来栄えについては、作者自身ひそかに満足感を覚えていたらしいことは、この詩の完成直後に書かれたと思われる一七九七年五月二十三日付けのシラー宛の書簡中の、「あなたの気に入ってもらえればという願いをもって、このささやかな詩を同封いたします」(9) という、一見控えめな文言からも窺い知ることが出来る。案の定、その日のうちに書かれたシラーの返事は、ゲーテの期待に違わぬものであった。曰く、「この詩は模範的に美しく、円熟していて、完成されたものとなっていますので、これを見てわたしは、一つのささやかな総体（ein kleines Ganze）、一つの単純な思想でも、その完璧な描写によって、人々に最高のものを享受する楽しみを与えることが出来るのだということに、身をもって感じ入った次第です。更にまた、韻律図式上の極めて微細な要求の点に至るまで、非の打ち所がありません。序でに申し上げれば、わたしはこの小さな作品から、あなたが只今生きてみたいと思っていらっしゃる精神的雰囲気を見て取るという楽しみを味わわせてもらいました。それというのも、これはまさしく情感的に美しいものだからです！(10)」

これはまさに、日ごろから敬愛する、良きライバルの動静と手練の技をよく知る者のみの言い得る最高の賛辞と言ってよいだろう。その当否をあげつらうことはしばらく置いて、われわれは先ずテキストそのものをして語らしめることにしよう。

それは次のように歌い出される。

Arm am Beutel, krank am Herzen,
Schleppt' ich meine langen Tage.
Armut ist die größte Plage,
Reichtum ist das höchste Gut!
Und zu enden meine Schmerzen,
Ging ich, einen Schatz zu graben.
“Meine Seele sollst du haben!”
Schrieb ich hin mit eignem Blut. (I, 1–8)

財は乏しく　こころは病んで
引きずり暮らした月日の長さ
貧苦困窮　無間の地獄
金銀財宝　極楽至極
この苦の種を断ち切る一念
宝掘りにと出かけた次第
「こんな魂　くれてやる！」と
血染めの証文書いてやった

この最初の一節を見ただけでも、われわれは否応なく、あの『ファウスト』冒頭の告白の場面を思い出さないわけにはいかないが、自らの現状に自足することが出来ず、共に、「血染めの証文」を書くという、共通のモティーフを歌いながら、ここには『ファウスト』に見られるような深刻さは殆ど感じられない。その一因は、韻律構造上の違いに拠るものと思われるが、それについては後述することにして、ここではとりあえず、『ファウスト』の該当する部分を適宜抜き書きしてみれば、以下の通りである。

Heiße Magister, heiße Doktor gar,
Und ziehe schon an die zehen Jahr'
Herauf, herab und quer und krumm
Meine Schüler an der Nase herum —
Und sehe, daß wir nichts wissen können!
Das will mir schier das Herz verbrennen. (V. 360–365)

マギスターだのドクトルだのと称して
ここ十年がほどの間
上に下に　斜めへ横へと
弟子どもの鼻面引き回しちゃいるが——
分ったのは　何一つ知ることは出来ぬということだけ!

それを思えば　この心も焼け焦げそうだ

Dafür ist mir auch alle Freud' entrissen,
Bilde mir nicht ein, was Rechts zu wissen,
Bilde mir nicht ein, ich könnte was lehren,
Die Menschen zu bessern und zu bekehren.
Auch hab' ich weder Gut noch Geld,
Noch Ehr' und Herrlichkeit der Welt;（V. 370–375）

その代り　この胸からは喜びもごっそり引っさらわれ
まっとうなことを知っているとも自負できず
人間を善導したり　改心させたりするような
気の利いたことを教えられそうな自信もない
財もなければ　金もなく
世間の名誉や栄達とも縁がない

ファウストのこの無力感が、「この世を奥の奥で統べているもの」（V. 382f.）に対する認識欲求が満たされないことから来るものであることは改めて断るまでもないが、「この心も焼け焦げそうだ」と言うほどの彼のこの焦燥感は、一面、各行四ヘーブング、対韻という、この場面のクニッテルフェルスによる韻律構成によって、その気分がひときわ強く印象付けられていることにもよっているようである。この「夜」の場面だけでも、このクニッテルフェルスの他に、強弱四音節韻律（V. 386–429）、マドリガール詩行（V. 430–467）、自由韻律（V. 468–479）という具合に、その場面場面の雰囲気を盛り上げるのにふさわしい韻律を駆使しているゲーテであってみれば[11]、右の引用部分も、当然のことながら、この場に最適の韻律を意図的に適用していることには疑問の余地がない。

　それにひきかえ、このバラードのリズムはわれわれの想像以上に明るく、軽快である。即ち、この作品は各節八行、五詩節の全四十行を通じて、各行四ヘーブングのトロヘーウスというリズムと、a—b—b—c—a—d—d—cという、「この上なく流麗な韻律技法」[12]で一貫している。斧鉞の跡を殆ど留めず、いとも易々とこのような韻律を自在に操る手練の技には、いまさらながら驚嘆の念を禁じ得ないが、但し、ここで歌われている内実は、見かけの軽妙さとは裏腹に、決して単純、素朴とは言えないようである。そのことは、「財は乏しく　こころは病んで／引きずり暮らした月日の長さ」という冒頭の一文からだけでも、明らかに見て取れる。即ち、この詩の主人公はまさに「こころも病む」ほどに「貧苦困窮」に苦しんで、長の月日を「引きずり暮らし」てきたのである。一般的に言っても、それがどれほどの苦痛を伴うものであるかについては多言を要しないが、それを詩人はここで“die größte Plage”と、文字通り、最上級の形容詞を用いて簡潔明瞭に言い表している。その対極にある「金銀財宝」を、同様に、最上級の形容詞を冠して“das höchste Gut”と称していることと好対照である。

　このように、いわば、ありふれた語句を用いながら、両者の本質の差異を鮮やかに際立たせるのは、この詩人のいつもながらの手際であるが、これによってわれわれも、この主人公が「宝掘りにと出かけ」てきた事の次第を、ごく自然に理解することになるのである。しかも、この「宝掘り」が、単に「金銀財宝」目当ての物欲にかられただけのものではなさそうなところに、この詩の不気味さと醍醐味はある。それは、彼が「こんな魂　くれてやる」と言って、「血染めの証文」を書いた一事に由来する。この結びの一文も、『ファウスト』の「書斎の場」におけるファウストとメフィストのやりとり(V. 1737ff.)と共鳴し合っていると思われるが、ただ、『ファウスト』においては、ファウストの「生死」が取り引きの対象にされていたのに対して、この詩では「魂」が賭けられているところに最大の違いがある。とは即ち、この詩の眼目は、「貧窮」という、一見、卑近な素材を直接の契機としながら、実は、人間の「魂」という、永遠普遍の主題を内包しているものと思われてくるところにある。そうだとすれば、ここで発せられる「宝掘り」という言葉の暗示するところも、自ずから予測されてくるように思われるが、どうであろうか。結論を急ぐ前に、われわれは先ずテキストの展開を追ってみることにしよう。

宝掘りのための儀式

前の詩節でこの詩の主題をさりげなく暗示した詩人は、第Ⅱ詩節に入るや早速、「宝掘り」の準備に取り掛かる。それは次のような詩句によって活写される。

Und zog ich Kreis' um Kreise,
Stellte wunderbare Flammen,

Kraut und Knochenwerk zusammen:
Die Beschwörung war vollbracht.
Und auf die gelernte Weise
Grub ich nach dem alten Schatze
Auf dem angezeigten Platze:
Schwarz und stürmisch war die Nacht. (II, 9–16)

さてそれから　輪に輪を描いて
薬草に骨くず　掻き集め
霊妙不可思議の火を焚いた
これで　まじない完了だ
いよいよ　習い覚えた手はずどおり
指定の場所を目当てに
古い宝を掘りにかかった
吹きすさぶ夜の闇は漆黒だった

見ての通り、彼は目指す「古い宝を掘りにかか」る前に、先ず、作法に従って、一定の「まじない」の儀式を執り行うことになる。この「まじない」の怪しげな、魔術的な雰囲気を醸し出すのに不可欠なのが、「輪に輪を描」くことと、「霊妙不可思議の火を焚」くという仕掛けである。これを見ても、われわれはやはり、『ファウスト』の「市門の前」の場で、メフィストがむく犬の姿で近づいて来る際に、ファウストが発する「火の渦」(Feuerstrudel, V. 1154)、「輪」(Kreis, V. 1162) という語を連想せざるを得ない。ここでも、この二つの語は、何やら怪しげなこのむく犬の正体を暗示するのに不可欠の小道具として使われているからである。

とりわけ、「輪に輪を描く」ことは、魔術にとって必須のものであった。「能う限りの魔法の器具や儀式に必要な道具を入れた円の内部に立てば、外部のデーモンの攻撃から身を守ることができるばかりではなく、逆にこの円の内に霊 (Geister) やデーモンを呼び込むこともでき、しかもその場合、入り込んだ霊やデーモンは術者に服従、ないしは術者の希望通りの答えをするという[13]」とされるからである。同じく、『ファウスト』の「魔女の厨」の場におけるメフィストと魔女のやりとり (V. 2530ff.) の中で、この語句が繰り返されているのも、この骨法に従っているものと思われる。

このバラードにおけるわれらが主役も、この常道を踏まえて「まじない完了」の上、いよいよお目当ての「古い宝」を掘りにかかるが、この「古い宝」というモティーフそのものも、『ファウスト』中で、ファウストが通りで見かけた娘 (マルガレーテ) に一目惚れして、彼女を口説くために手土産を用意するように依頼するのに応えて、メフィストの言う「おれはあちこちに埋めてある古い宝のありかを知っている」(V. 2675f.) というせりふとか、「夜」の場面でファウストが発する「お宝がせり出してくるのか」(V. 3664) という言葉と通じ合っているようである。

そして、その背景には、あくまで嵐の「吹きすさぶ夜の闇」が拡がっていなければならない。それは一つには、「埋もれた財宝は悪魔の管理下にあると信じられ[14]」ていて、「中世の迷信によると、埋められている宝は、魔法にかけられた人に似た動きをするという。すなわち地中の宝は救いを求めているというのである。だから宝物は地中から次第にゆっくりと地表に上ってきて、人に発見されようとする[15]」ものだからである。この魔の世界に手を出して、その「宝」を自分のものにしようとする以上、周囲の情景にもそれ相応の不気味さを漂わせるのは、演出の定法であろう。これによって、われわれも自然に、この宝掘りの成り行きを、ひとかたならぬ関心を持って見守っていこうという気分にさせられるのである。その「吹きすさぶ夜の闇」が不気味であればあるほど、この「夜の闇」が深ければ深いほど、われわれの緊張感も高まっていくというわけである。その点で、"schwarz" "stürmisch" という語に含まれた「シュ」音の繰り返しと、最後に置かれた "Nacht" の強勢は、この演出効果を強調するのに与って間然するところがない。

と同時に、この「漆黒」の闇は、実は、次節において、最初は遠くから見えていた「光」(Licht)が「一挙に明るさを増し」て、「光り輝く」光景を呈してくる様子を浮き彫りにするための仕掛けともなっているのである。この「暗」から「明」への場面転換は、いつもながらの詩人の鮮やかな筆さばきと言うべきであろう。こうしてわれわれもいつの間にか、この物語詩の世界へと導かれていくことになるのである。

光の充溢

Und ich sah ein Licht von weiten,
Und es kam gleich einem Sterne
Hinten aus der fernsten Ferne,
Eben als es zwölfe schlug.
Und da galt kein Vorbereiten.
Heller ward's mit einem Male
Von dem Glanz der vollen Schale,
Die ein schöner Knabe trug. (III, 17–24)

この時　遠くから差し込む一条の光
それは　遥かに遠い天の果てから
瞬く一つ星さながらだった
折りしも打ち出す一二時の鐘
準備なんぞは　一切無用
あっという間に　辺りは煌々
美麗な童子の捧げ持つ
酒盃にこぼれる光の饗宴となった

この詩節に至ると、前節とは一転して「光」が主役となる。それは、直前の「闇」（Nacht）のすぐ後に「光」（Licht）という語が配置されているという配合の妙によって、ひときわ鮮やかに印象づけられる。これは、照明を落した舞台上に当てられるスポットライトさながらの演出効果、と言っても過言ではないだろう。ここには、一七九一年にワイマール宮廷の劇場監督を引き受けて以来、二六年間もの長きにわたって演劇の上演に力を尽してきたゲーテの演劇体験が大きく関わっているものと思われる。

しかも、先ほどのファウストのせりふに続く、「何やら向うの方がちらちらして来たが」（V. 3665）という一文に見られる通り、地中に埋められていた宝は、「地表のすぐ近くまで来ると光を放つ」[16]とされる中世の迷信を踏まえたものと思われるこの「一条の光」によって、最初は「遥かに遠い天の果てから／瞬く一つ星さながら」に差し込んでいたものが、「一二時の鐘」が打ち鳴らされるや否や、「あっという間」もあらばこそ、「辺りは煌々」と照り輝いてくるのである。その照明効果に加えて、ここに見られる“von weiten”“aus der fernsten Ferne”という、距離感を示す語句の表現効果による遠近法は、この舞台（場面）の立体感を印象づけるのに大きく寄与している。

こうして、「準備なんぞは　一切無用」という言葉とは裏腹に、表現効果を高めるために、抜かりなく準備万端整えた上で、詩人は「美麗な童子」を登場させるのである。この「童子」の「捧げ持つ」のが、美酒を並々と湛えた「酒盃」であるとなれば、われわれはいやでも『西東詩集』中のあの「酌童の巻」を連想せざるを得なくなる。[17]そこでも、この酌童は「ご覧ください　満腹のお客様でも手が出るこの逸品を／ぼくらはちっちゃなスワンと呼んでおります／ぼくはこれを波間で胸を張る白鳥に比すべき／先生に差し上げたいのです」と歌っていたことを思い出せば、この人物設定の類似性は自ずから明らかだろう。
実は、この「童子」は、この詩の後半でこの「宝掘り」を生の真実へ導くのに欠かせない重要な役割を担っているのであるが、それについては後述にまかせることにして、少なくともこの場面では、われわれはこの「酒盃」に映る「こぼれる」ばかりの「光の饗宴」に注目しておきたい。つまり、ここに至れば、先ほどのいかにも心細げな「一条の光」が、「酒盃」に湛えられた美酒と映発し合って、きらめくばかりの「光の饗宴」と化しているのである。それを導き出しているのが、“Licht”と“Glanz”という適切、絶妙な語の配置なのである。
このようにして、「光」の演出効果を巧みに活用して、情景を設定し終えた詩人は、次第にこの詩の核心部分へと筆を進めるのである。

童子の導き

前の詩節はいわば「光」が主役であったが、これをちょうど折り返し点として、後半部の主役を務めるのが「童子」である。その後半部を詩人は次のように歌い始める。

Holde Augen sah ich blinken
Unter dichtem Blumenkranze;
In des Trankes Himmelsglanze
Trat er in den Kreis herein.

Und er hieß mich freundlich trinken;
Und ich dacht': es kann der Knabe
Mit der schönen lichten Gabe
Wahrlich nicht der Böse sein. (IV. 25–32)

隙間も見えぬ花冠の下に
涼やかな眼のきらめくのが見えた
美酒に映える至福の光を浴びて
童子はその輪の中に歩み入った
そして　やさしく飲めと勧めた
美しく輝く賜物を持つ
この童子が　魔性の者で
あるはずがないと　感じ入った

これを見れば、直前の詩節で導き入れられた「光」が、いまや、残る隈なくこの場に満ちわたっていることは見紛いようもない。それを演出するのが、"blinken" "(Himmels) glanze" "licht" という、直接、「光」に関わる語句の適切な斡旋によるものであることは言うまでもない。それによって、美しい花々を「隙間も見えぬ」くらいに編み込んだ「花冠」の華やかさにも負けぬ強い光を発して、「涼やかな眼」が「きらめ」き、輝いている「童子」の姿が具象的に浮き彫りにされてくるのである。

この詩節でとりわけ注目すべきだと思われるのは、「美酒に映える至福の光を浴びて／童子はその輪の中に歩み入った」という一文であろう。既に見た通り、第Ⅱ詩節で繰り返し用いられていた「輪」(Kreis)という語には、何やらいかがわしげな禍々しさがつきまとっていたが、それとは対照的に、ここで発せられている「輪」は、文字通り、光り輝く「光輪」へと変じている。このように、同じ語を用いながら、その属性を一八〇度転じて見せるのは、この詩人の常套手段とは言いながら、この場面における表現効果は、ひときわ鮮やかと言うほかはない。向日性の詩人ゲーテの面目躍如である。しかも、この「光輪」が、単に物理的な光輝を示すばかりではなく、それを遥かに超えた、天の祝福を受けたものであるところに、この語の眼目はある。それを担保するのが“Himmelsglanze”という一語である。とは即ち、この「童子」は『西東詩集』における酌童と外形を共にしながら、いまやその現世的な属性を超えて、天から使わされた「天子」と化していると言ってよいだろう。そして、その「天子」がこの「宝掘り」に向って「やさしく」、自分の捧げ持つ「美酒」を「飲めと勧め」るというのだから、この宝掘りが「この童子が　魔性の者で／あるはずがないと　感じ入った」というのは、極めて自然な反応である。

実は、この詩節後半の両者の言動は、最終詩節のクライマックスに通じるために不可欠の場面設定ともなっているのである。かくして、詩人は文脈の自然な流れに乗りながら、いつしかわれわれをフィナーレへと導いていくことになる。

平凡の真

直前の場面で、「美酒」という飲み物によって「生の真実」を暗示した詩人は、最終の詩節に至っていよいよその秘奥を明らかにする。

"Trinke Mut des reinen Lebens!
Dann verstehst du die Belehrung,
Kommst mit ängstlicher Beschwörung
Nicht zurück an diesen Ort.
Grabe hier nicht mehr vergebens!
Tages Arbeit, abends Gäste!
Saure Wochen, frohe Feste!
Sei dein künftig Zauberwort." (V, 33–40)

飲むがいい　穢れなき生を尊ぶ勇気を！
それで汝も世の理を悟り
危うげなまじないに誘われて
こんな所へ舞い戻ることはあるまい
こんな所で無益な宝掘りなどもう止めだ！

昼は働き　夜は団欒！
日ごろは額に汗し　旗日を謳歌！
これぞ今後の汝の呪文

見ての通り、前の場面でこの童子が飲むように勧めた「美酒」の内実とは、即ち、「穢れなき生を尊ぶ勇気」ということが、ここではっきりと明言されたのである。しかしながら、彼の言うこの「世の理」(Belehrung) の意味するところは、この語句を見ただけでは、必ずしも明確にはならない。とりわけ、「穢れなき生」という言い回しに含まれる“rein”という形容詞を見れば、われわれはややもすると「清浄、潔白」といった、いわばありふれた道義的徳目を連想しがちだからである。しかるに、われわれのこうした疑念を待っていたかのように、詩人はこの語に込めた意中を明らかにする。

それは、即ち、「昼は働き　夜は団欒」「日ごろは額に汗し　旗日を謳歌」という平々凡々にして、しかも、千古不易の真理にほかならない。つまり、上の“rein”とは、ここで見られる“sauer”(「すっぱい、酸味のある」が原義。転じて「骨の折れる、つらい、厄介な」等の意に用いられる…筆者注) という実質を前提にして言われたものなのである。言い換えれば、わき目もふらず労苦に勤しむことと、その後の生の充足感を満喫することとは等価のものとして提示されているというわけである。邪心のない眼でこのありふれた真実を見つめ直すこと、これが「穢れなき生を尊ぶ勇気」という語句に込められた作者の真意だったのである。

作者がここで殊更のように、このようないわばありふれた「世の理」を持ち出しているのは、実は、他ならぬ彼自身が、不動産購入の資金調達のために、一攫千金を夢見て、ハンブルクの宝くじを買い求めたという背景があったのである。それについては、クログマンの興味深い報告に譲るが、[18]ゲーテがこの宝くじに一方ならぬ関心を寄せていたことは、主君アウグストに宛てた一七九七年六月十二日付書簡の末尾に添えられた、「イエーナにて。六月十二日。有名なショックヴィッツの地所のために、今回は殊のほか多数の人々の関心を惹いているハンブルクの宝くじの抽選初日[19]」という文言からも推し量ることが出来るだろう。

付言すれば、先に引いたシラーの返書中の「序でに申し上げれば、わたしはこの小さな作品から、あなたが只今生きてみたいと思っていらっしゃる精神的雰囲気を見て取るという楽しみを味わわせてもらいました」という一節も、友人のこのような動静を知った上で発せられた言葉だったのである。但し、ゲーテがそのような投機の深みにはまって、身を滅ぼすことがなかったのは、「ペトラルカの理性[20]」もさることながら、やはり、彼自身の生来のバランス感覚に拠るところが大きいであろう。これによって、われわれが最初に予測していた通り、この宝掘りも、「魂」という人間存在の根源とも言うべき、無限の水脈を掘り当てることができたのである。そこには、平凡な日々の生活の意義を認識し、自らもたゆみない努力を重ねたゲーテ自身の人生観が投影されているのは当然である。そして、そのことはまた、「世の中へ押し出していき／地上の辛苦でも喜びでも引き受け／嵐にも立ち向い／難破で船がきしんでも怯まぬ勇気が湧いてきた」（V. 464–467）と豪語し、「初めに言葉ありき」というヨハネ伝冒頭の一句をめぐって、「初めに思いありき」「初めに力ありき」と、さまざまに思いあぐねた末に、「初めに行動ありき」として（V. 1224–1237）、第二部では現実に自ら干潟の干拓事業という「行動」に乗り出すファウストの行動欲求とも通底していると見るのは、決して不自然なことではないだろう。

但し、この詩においては、自らの生命と引き換えに「生の充足感」を得ようという、ファウストの激しい認識衝動から来る重苦しさは微塵もなく、終始、明るく弾むような音調が主となっている。それは一つには、前述した自らの投機的な山っ気はおくびにも出さず、いかにも訳知り顔に歌われる「昼は働き　夜は団欒」以下の二行が、またしても『ファウスト』中の「市門の前」の場の、春の陽気に誘われてそぞろ歩き、歌いさざめく民衆たちの羽目をはずした躍動振りを連想させるからである。それは例えば、「土曜日には箒を握る手が／日曜日には愛撫に余念がない」(V. 844f.)、「日暮れには心も浮き浮き家に帰り／つくづくと平安の有り難さをかみしめる」(V. 866f.)、「歌えや鳴らせ／ユフハイザ！　ホイ！」(V. 979f.) といった具合である。

しかるに、この明るさの由って来たるもう一つの、更に重要な要因とは、既に触れたような韻律構造にあると思われる。「一七九七年のすべてのバラードにおいて支配的な韻律[21]」であるトロヘーウスという、強拍と弱拍の規則的な交替から生み出される力強いリズム感は、この詩全体にわたって言えることではあるが、この詩節においてひときわ効果的に躍動しているようである。例えば、“Tages Arbeit, abends Gäste! / Saure Wochen, frohe Feste! / Sei dein künftig Zauberwort.” という詩句を舌頭に千転してみれば、その韻律の妙味は自ずから自得されるだろう。これはまさに、「この詩様式の音調と情調[22]」が見事に調和して、比類のない妙味を醸し出している典型的な実例である。「韻律図式上の極めて微細な要求の点に至るまで、非の打ち所がありません」という、先ほどのシラーの評も当然であろう。

ゲーテの遊び心

このように、この両方の要素が渾然と溶け合って、この詩は日常の労苦と祝祭の晴れやかさという永遠普遍の真実を、「宝掘り」という、いかにも物語詩にふさわしい設定で装って、われわれの前に提示して見せたのである。つまり、ゲーテとシラーの両者とも、「この（バラード）というジャンルを本心から真剣に受け取って、叙事詩や戯曲に取り組む時のように几帳面に扱うことは絶えて考えたことはなく、[23]」「自らのバラードを叙事詩や戯曲のように偉大な成果とはみなしていない[24]」のは事実であるが、逆に、その分だけ自由気ままに自らの想像力をはばたかせて、それぞれの遊び心を存分に楽しんだのである。他ならぬそのことが、かれらに詩の源泉としての想像力の宝庫、バラードという詩形式の持つ表現力を再確認させ、現に数々の詩の宝庫を「掘り出す」大きな契機を与えることともなったことを思えば、このジャンルの有する存在意義もおのずから明らかとなるだろう。そして、その一連のバラード作品の発端に位置し、「始まりは以前のバラードの様相を見せながら、終りは精霊（ゲーニウス）の造形によって擬古典主義的[25]」とされ、「モティーフ的には古風で、思想と文体手法の面ではモダン[26]」と言われるこの作品は、「抒情詩的、叙事詩的、戯曲的要素を内包した詩の根源形態[27]」としてのバラードの本質を先行的に体現したものと言うことが出来るだろう。この詩の歴史的意義もその一点にある。

註

（1） Vgl. Trunz, Erich: In: GW. Bd. I. S. 625ff.

(2) Staiger, Emil: Goethe. Atlantis Verlag AG Zürich. Dritte, unveränderte Auflage 1962. Bd. II. S. 301f.

(3) 彼は、『宝掘り』と『魔法使いの弟子』を見て、それ以上の考察をめぐらそうという義理を感じることは殆どないだろう、と言う。Vgl. Staiger. S. 306.

(4) Vgl. Staiger. S. 305. これに関しては、ハイネマンも、ゲーテとシラーの叙事詩についての対話は、この当時、叙事的・戯曲的というよりも、叙事的・抒情的領域に言及することが多く、それが二人のバラード制作の内的動機となった、と言う。彼によれば、バラードとロマンツェは、もともと民衆詩という土壌に根ざすものであり、叙事的・抒情的文学の混合ジャンルに属するものというわけである。Vgl. Heinemann, Karl: Goethe. Alfred Kröner Verlag in Stuttgart 1922. S. 129f.

(5) Johann Wolfgang Goethe. Gedenkausgabe der Werke, Briefe und Gespräche. Artemis-Verlag Zürich. 1953. 2. Teil. Bd. 2. S. 613. なお、これについては、Kayser, Wolfgang: Geschichte der Deutschen Ballade. Junker und Dünnhaupt Verlag/Berlin. 1936. S. 1f. 参照

(6) Trunz: In GW. Bd. I. S. 625.

(7) Kommerell, Max: Gedanken über Gedichte. Vittorio Klostermann. Frankfurt am Main 1943. S. 375.

(8) Vgl. Krogmann, Willy: Goethes Gewinn in einer Hamburger Lotterie (Zur Entstehung des "Schatzgräber"). In: Neue Folge des Jahrbuchs der Goethe-Gesellschaft. Dreizehnter Band. 1951. S. 238f. 万足卓：『魔法使いの弟子。評釈。ゲーテのバラード名作集』三修社、東京、一九八二、一〇二頁。

(9) Artemis. Bd. 20. S. 354.

(10) a.a.O., S. 354.

(11) 高橋義孝：『ファウスト集注。ゲーテ「ファウスト」第一部・第二部注解』（以下、『集注』と略記）。郁文堂、

東京、一九七九、二八頁。
(12) Kommerell: S. 375.
(13) 『集注』：一一〇頁。
(14) 同書一一七頁。
(15) 同書一五六頁。
(16) 同書一五六頁。
(17) 拙著『ゲーテと異文化』九州大学出版会、福岡、二〇〇五、一七六頁以下参照。
(18) Vgl. Krogmann: S. 230ff.
(19) HA. Goethes Briefe. Bd. II. S. 277.
(20) Artemis. Bd. 20. S. 354.
(21) Staiger: S.312.
(22) a.a.O., S. 303.
(23) a.a.O., S. 302.
(24) a.a.O., S. 306.
(25) Trunz: GW. Bd. I. S. 625.
(26) Kommerell: S. 374.
(27) Kayser: S. 2.

ゲーテの霊と肉の物語——『パリア』

はじめに

われわれが前著で見た『神と遊女』において[1]、インドの伝説に拠ってみずからも物語詩の中に遊びながら、技巧に富む韻律形式を自在に駆使して、「神」と「遊女」という両極にあるものをいとも簡単に結びつけ、類まれな人間賛歌を歌ってみせたゲーテは、七四歳という老境に至ってなお、インドへの関心を持ち続け、今度は『パリア』というバラード三部作において、カースト制度の枠にも入らない、文字通り最下層に属する民衆を素材にして、前作に勝るとも劣らない、広やかな「ファンタジーと言語の冒険[2]」を現出してみせることになった。

その終始変らぬ人間愛の一事だけでも十分な賞賛に値するが、この三部作の完成の時期が、彼の生涯にわたる女性遍歴のフィナーレとも言うべき、あの『マリエンバートの悲歌』(一八二三)を物した直後であることを考えれば、その持続的で瑞々しい想像力＝創造力は、とうてい余人の追随を許さないものがある。とりわけ、この作品においては、彼の人生知の集約としての「霊肉一致」という普遍的な主題が、物語詩という器を十全に活用して、生き生きと描き出されているように思われる。

こうした観点から、ここでは作品の成立史や韻律形式にも留意しながら、「ゲーテの物した最後の偉大なバラード、あるいは叙事詩的にして、しかも抒情詩的な詩作[3]」とされるこの三部作において展開されるゲーテ独自の有機的な人間観について考えてみることにしたい。

成立史

『神と遊女』の成立が一七九七年、この『パリア』の完成が一八二三年であり、ソヌラの『東インドとシナへの旅』という同じ素材に拠りながら、両作の間には二十数年という長い歳月が横たわっていることには、やはりそれなりの熟成期間が必要であったものと思われる。因みに、ゲーテは一八三〇年三月十四日のエッカーマンとの対話の中で、詩の構想を長年胸中に温め、それを十二分に反復、咀嚼した上で筆を執る場合と、それとは逆に、何の前触れもなく、詩のイメージが突発的にひらめいてきて、瞬時のうちに完成される場合があるという意味のことを述べているが[4]、その伝で言えば、この『パリア』はまさに前者のタイプに属する典型的な例と言ってよいだろう。

ゲーテがこのバラードの原型となる話をソヌラの旅行記で読んだのは一七八三年のことであるが、しかし、「その当時はまだそれを言語化するまでには機が熟せ」ず、彼はその話を「黙ってみずからの心の聖殿にしまいこむ」しかなかった[5]。それかあらぬか、彼は確かにこの作品の完成にあたって、われわれの想像以上に難渋しているのである。それについての言及は、一八〇七年七年五月二十七日の日記における「その手にもはや水が結ばれなくなるという、インドのメルヒェン中の女性」という記述が最初のようであるが、その難航ぶりの一端は、次のような自身の告白からも見て取ることができる。

「パリアの祈りはまだ意のままになろうとしなかった」（一八一七年一月一日ツェルター宛書簡）
「パリアの祈りに専念」（一八二一年十二月七日日記）
「夜、インド神話を継続」（同十二月十五日日記）
「インド神話」（同十二月十七日日記）
「パリアに専念」（同十二月十八日日記）
「パリアの細部を概括」（一八二二年四月三日日記）
「パリアに関して活発な談論」（同四月八日日記）
「パリアの祈りなど」（同六月二十二日日記）
「再びパリアの祈りに着手」（同十月三日日記）
「パリアの祈り継続」（同十月四日日記）
「パリアの祈り総仕上げ」（同十二月二十二日日記）

このような苦闘の末、一八二三年秋に至ってようやく、この『パリア』三部作が完成し、エッカーマン、フンボルトらの親しい友人に披露された後、翌一八二四年の『芸術と古代』誌第四巻において印刷に付されるに至った。更にその翌年の同誌には、ゲーテの論文『三つのパリア』が発表されたが、ここで彼はミヒァエル・ベールの悲劇『パリア』、カシミル・ドラヴィニュのフランス悲劇『パリア』、そして自らのパリア三部作を論じ、自作について次のように述べている。

ここにわれわれが見出すのは、自らの境涯を救いのないものとはみなさない一人のパリアである。彼は神々の中の神に向い、とりなしを要求するのであるが、それは無論、一風変わった方法でもたらされることになる。つまり、これによって、これまですべての神聖な世界、或いはいかなる寺院からも排除されていたカーストが、いまや独自の神性を獲得し、その中では最も高きものが最も卑しきものに植え付けられて、恐るべき第三のものを現出させることになるが、これが至福のとりなしと和解へと至る原動力になるのである。(6)

ここにはブラフマ(梵天)の慈悲と英知によって、バラモン(僧侶)からシュドラ(奴隷)に至る厳重な身分制度＝カーストの枠を打ち破り、人間性に根ざした世界を招来しようというゲーテの深い思いが如実に見て取れる。そのことは、彼がこの三部作を「鋼鉄の針金で鍛え上げられたダマスクの剣」と呼び、「自分はこの素材を四十年もの間持ち歩いたが、あらゆる不穏当な要素が浄化されるには、当然ながらそれくらいの時間を要したのだ(7)」と語ったことからも窺い知れるだろう。

ところで、彼がこの作品の種本として利用したのが、ソヌラの旅行記であることについては前述した通りであるが、その直接のヒントになった物語というのはざっと次のようなものである。

地水火風を思いのままに操る一人の女神があり、彼女は水面に映る幾人かの大気の神々の姿を見るが、その神々によって恋情を吹き込まれる。それ以来、彼女が手に水を掬っても、水は円の形を結ばなくなる。贖罪の神であるその夫はこれを見て、息子に母親を殺せと命じる。息子はこの命に従うが、事を為した後、悲しみに耐え切れない様子なので、父はいったん切り離した母親の頭と胴を再びつなぎ合わせるように命じる。息子は言われるままにするが、その際、誤って母親の頭部を、やはり同じ場所で処刑されていたあるパリアの女性の胴にくっつけてしまう。こうして、女神と罪人の性を併せ持つ女性が甦ることになり、彼女はその家から追放される。しかるに、この女性は子供の天然痘を治す力を得ることになる。

ゲーテはこの素材を基にして、これを純化し、精神化しているわけであるが、その改変された点は、以下のように整理される。即ち、①この母親が目にするのは、ただ一人の神であること。②彼女を殺すのは息子ではなく、夫自身であり、息子は母親の後を追って死のうとすること。③血の滴る剣は、彼女の無実を示していること。④甦った彼女は仲保者の姿をしていて、自らの復活を告げ知らせるために、夫と息子を世に派遣すること(8)。

作者が元の話にこのように手を加えることによって、この三部作は内容的な深味を獲得するに至ったが、その詳細については、テキストの実際について見てゆくことにしよう。

パリアの祈り

この三部作の外形上の大きな特徴は、中核を成す「奇しき物語」を間に挟んで、その前後に「パリアの祈り」と「パリアの感謝」が配されて、全体が有機的につながった「一つのトリプティーク（三枚折の祭壇画）[9]」となっていることであろう。この「祈り」から「感謝」に至る時間の流れについて、コメレルは、この二つの祈りの言葉が同じ一人のパリアの口から発せられることからして、「全ては瞬時」の間に起るのであり、これは「象徴的な時間と呼び得るであろう」と言う[10]。この作品の内容的連関を考える上で傾聴に値する言だと思われる。

さて、長い物語詩の開始を告げる「パリアの祈り」は、その内実に即応して、各詩節の前半四行は交差韻、後半四行は抱擁韻、そしていずれも各行四ヘーブングのトロヘーウスという定型を基調とし、全体が三詩節で構成されている。その歌い出しの詩句は次の通りである。

Großer Brahma, Herr der Mächte,
Alles ist von deinem Samen,
Und so bist du der Gerechte!
Hast du denn allein die Brahmen,
Nur die Rajahs und die Reichen,
Hast du sie allein geschaffen?
Oder bist auch du's, der Affen
Werden ließ und unseresgleichen?（I, 1–8）

大いなる梵天　諸力の主よ
万物にしておんみの種ならざるはなく
それゆえにこそ　おんみは正義の神であり給う！
さておんみはバラモンのみを
ただ王侯と長者だけを
それだけを創り給うたのか？
それともまた　猿どもやわれらが同輩を
生あらしめたのもおんみなのか？

ここにはすでに、この作品に不可欠の主題が簡潔、明瞭に提示されている。その第一は先ず、「大いなる梵天」を「諸力の主」と位置づけ、「万物」はその「種ならざるはなく」と明言していることである。これによって作者は、この「梵天」が全知全能の造物主であり、そのゆえを以って「正義の神」であるとする。

しかるに、冒頭の三行によってこの神の特性をこのように規定した作者は、パリアの口を通して、根源的な問いを発する。四行目から六行目にかけての「さておんみはバラモンのみを／ただ王侯と長者だけを／それだけを創り給うたのか？」という疑問文には、早くもこの神の「正義」に対する激しい疑念が凝縮されているように見える。彼のこの疑念は、何よりも、“allein”“nur”“allein”という副詞が畳み掛けるように繰り返されていることから如実に読み取れる。これらの副詞がいずれも制限、除外の意を示すものである以上、その枠内から排除された者たちに対する共感を禁じ得ない作者としては、この造物主に対する問いかけが、おのずから激越な調子を帯びたものとなっていくのは、むしろ自然なことだろう。

「それともまた　猿どもやわれらが同輩を／生あらしめたのもおんみなのか?」という、最終二行に示された問いかけこそ、「猿ども」と変わらぬ立場に置かれた人間の心情から発せられた、「諸力」を自在に操る「梵天」に対する精一杯の訴えだと思われる。

その点で、この冒頭の一節には、「祈り」と言うよりも「告発」と言った方がよいくらいの、パリアの切なる思いが表白されているようである。いずれにしても、早くもここで、「大いなる梵天」と「猿」にも等しいパリアとは、真正面から対峙し合って、われわれの緊張感をいやが上にも高めずにはおかない迫力に満ちている。

Edel sind wir nicht zu nennen:
Denn das Schlechte, das gehört uns,
Und was andre tödlich kennen,
Das alleine, das vermehrt uns.
Mag dies für die Menschen gelten,
Mögen sie uns doch verachten;
Aber du, du sollst uns achten,

Denn du könntest alle schelten. (II, 9–16)

もとよりわれらは高貴と呼ばれるべくもない身の上です
粗悪なもの　これがわれらには分相応で
他の人々が死ぬほど忌み嫌うもの
これだけがわが同輩を殖やす糧なのですから
これは世の人々にも当てはまるはずなのに
軽侮の矢はやはりわれらに注がれましょう
だがおんみにだけは　われらのことを尊んでもらいたいのです
おんみなら　諸人の非を正せるはずですから

彼の発する一語一語には、このパリアが自らの立場を甘受する一方で、世の不平等に対して耐え難い苦痛と怒りを禁じ得ない心情が、前半四行と後半四行の対比と相まって、鮮やかに言い表されている。即ち、前半四行においては、彼は卑屈なまでの自己卑下に終始している。それはひとえに、自らが「高貴と呼ばれるべくもない身の上」であることを痛いほどに感じていることに由来する。その点で、この一文における否定辞“nicht”という一語には、いかんともし難い現実の社会的枠組みに対する、彼の苦い自己認識と絶望感が込められているようである。「粗悪なもの」「他の人々が死ぬほど忌み嫌うもの」を受ける指示代名詞“das”が三度にわたって繰り返されているのは、韻律構成上の要請もさることながら、自分より上層に属する者たちが見向きもしない物を、生命の糧とせざるを得ない立場に置かれた人間の悲哀を訴えるという点で、われわれに極めて強烈な印象を与えずにはおかない。その表現効果を十分に利用して、後半における梵天への訴えの切実さをひときわ鮮明に際立たせるのが、いつもながらのこの作者の心憎い演出なのである。

　こうしてわれわれはいやでも、後半四行におけるパリアの心の叫びに耳を傾けざるを得なくなるのである。そのパリアの訴えの眼目とは、要するに、万物の創造主に対して公正さを求めるという一点に尽きる。その根拠となるのが、第I詩節で言明されていた「万物にしておんみの種ならざるはなく／それゆえにこそ　おんみは正義の神であり給う！」という詩句である。彼がそれを唯一最大の拠り所とする以上、現実の社会的枠組みはいかにともあれ、それを超越した存在である「梵天」に対して、四民平等の「正義」の実現を求めるのは、当然過ぎるほど当然なことだろう。

「おんみなら　諸人の非を正せるはずですから」という一句は、彼のそういう心情を簡明、率直に言い表したものである。「梵天」に対する日ごろからのこのような信頼と期待の上に立って、彼は「だがおんみにだけは　われらのことを尊んでもらいたいのです」と、文字通り、相手に対する話者の要求を示す話法の助動詞“sollen”を使って、彼にとっては当然の要求をするのである。その要求の具体的な内実は、次の詩節に至ってようやく、われわれの前に明らかにされる。

Also, Herr, nach diesem Flehen,
Segne mich zu deinem Kinde;

Oder Eines laß entstehen,
Das auch mich mit dir verbinde!
Denn du hast den Bajaderen
Eine Göttin selbst erhoben;
Auch wir andern, dich zu loben,
Wollen solch ein Wunder hören. (III, 17–24)

されば主よ　この切なる願いに応じて
わたしに祝福を恵み　おんみの愛子となし給え
さもなくば　せめて一つのことをあらしめて
このわたしでも　おんみの縁に与からしめ給え！
かつて遊女にさえ
女神となる栄を与え給いしおんみなれば
われら化外の民とても　おんみを讃えまつらんため
かかる奇蹟をこの耳に聞きたいのです

ここに至れば、各行四ヘーブング、トロヘーウスの安定した韻律に乗って発せられるこのパリアの「切なる願い」の内実は、見紛いようもなく明らかとなる。その祈願とは、「化外の民」である自分のごとき存在でも、「梵天」の祝福を受けて、その「縁に与か」り、その「愛子」となりたいという一事に尽きる。

シュタイガーも言う通り[11]、これは、仲保者を介さずに、神と直接に結びつくことを欲する彼の切なる祈願と言ってよいだろう。ここで同属、同種の意を含む“auch”という副詞が二度繰り返されているのは、その端的な表れである。彼が「梵天」に向って、このような注文をつけることが出来るのも、ひとえに、この神がかつて「遊女」のように卑賤な身の上の者にさえ、無限の慈悲を注ぎ、「女神となる栄」を授けたという事実に対する、全幅の信頼に由るものであることは言うまでもない。これが、われわれが先に見た『神と遊女』を前提にして言われたものであることも、いまや自明のことである。つまり、冒頭にも触れたとおり、二〇年以上の歳月を経てもなお、ゲーテの胸中には、身分制度の枠外に置かれて生きてゆかざるを得ない者たちに対する、一方ならぬ深い共感、人間愛が息づいていたと言ってよいだろう。換言すれば、ここにはパリアに託した作者自身の熱い「祈り」が込められているのである。

ともあれ、こうして「自らの身を卑しめ、自らの存在に嫌悪感を抱きながらも、希望を抱く者として人間の尊厳を保持している者の声[12]」を響かせながら、この連作を貫く主題を提示した作者は、一転して、われわれを奇しき「伝説」の世界へと誘なっていくのである。

奇しき物語の開始

長短不揃いの全一一詩節、一四五行から成る「奇しき物語」の部は、この物語詩全体の中核を成すと共に、作者の生来の想像力が縦横に横溢している部分と言ってよいだろう。そしてその主題は、早くも

第I詩節において、われわれの前に提示される。

Wasser holen geht die reine
Schöne Frau des hohen Brahmen,
Des verehrten, fehlerlosen,
Ernstester Gerechtigkeit.
Täglich von dem heiligen Flusse
Holt sie köstlichstes Erquicken; —
Aber wo ist Krug und Eimer
Sie bedarf derselben nicht.
Seligem Herzen, frommen Händen
Ballt sich die bewegte Welle
Herrlich zu kristallner Kugel;
Diese trägt sie, frohen Busens,
Reiner Sitte, holden Wandelns,
Vor den Gatten in das Haus. (I, 1–14)

水汲みに行くは　清らにも
美しきバラモンの妻

高位の夫は信望厚く　欠けるところを知らず
謹厳この上なき正義の士
妻は日ごと　聖なる河から
甘露の清水を運ぶが習い
だが　水がめや手桶はどこに？
彼女にそんなものは不要
心清らに　信篤き双手で汲めば
流るる水はおのずからに結ばれて
玲瓏たる水晶の珠となる
妻は胸をはずませ
汚れなき作法を守り　足取り軽やかに
その聖水を館の夫へ捧げゆく

この作品におけるゲーテの修辞法の独自性については、すでにシュタイガーの例示があるが[13]、この詩節で何よりも目に付くのは、この詩節の不可欠のモティーフである「水」と「夫」と「妻」の、それぞれに関わる形容詞の多用である。先ず、「水」（及び「河」）に関わるものとしては、“heilig”“köstlichst”“herrlich”“kristall”という形容詞が用いられている。次いで、「夫」に関しては、“hoch”“verehrt”“fehlerlos”“ernstest”及び“gerecht”の名詞形である“Gerechtigkeit”が挙げられる。最後に、「妻」

に関するものとしては、“rein”（二回）“schön”“selig”“fromm”“froh”“hold”といった具合である。

これらの形容詞（及びその名詞形）がいずれも、極めて肯定的な意味を含む語であることを考えれば、これらの語には、作者の並々ならぬ思いが託されていると解するのが自然だろう。とりわけ、「水」と「妻」に関わる形容詞の共通性あるいは一体性は、いやでもわれわれの目を惹かずにはいない。それについては、万足氏も「水と女！　それは大昔から同質であり不離のものであった」と言われている通り[14]、インドから中東、ヨーロッパにかけて、水汲みと水運びは、すべての女性たちに課せられた重要な務めであった。それが生活面で不可欠の労苦であったことは言うまでもないが、われわれが数多くの詩歌や絵画を通して馴染んでいるイメージからすれば、それは身分の高下を問わず、女性たちにとって何よりの息抜き、社交の場ともなっていたように思われる。

それはともかく、ここで使われている“rein”“heilig”“kristall”等の形容詞が、直接的には水の「清浄さ」「神聖さ」「玲瓏さ」を表象するものとして用いられながら、作者はむしろそれを通して、自らの「信篤き双手」でその水を汲む彼女の人柄、心栄えのめでたさを具象的に浮き彫りにしているのではないかと思われる。それについては、コメレルも、ゲーテが「魂」の象徴として「水」のモティーフを使う例は無数にあり、彼女がここでその手に湛えているのも、実は、彼女の「魂」なのであると言うが[15]、いずれにしても、この水と彼女の内面の一体性は否定できない事実だと思われる。しかも、このことがまた、彼女の身に起る今後の悲劇をひときわ鮮明に印象付けるための伏線ともなっているところに、われわれはこの作者の計算され尽したドラマトゥルギーを見るのである。

悲劇への予告

さて、今日も今日とて、朝まだき、聖なる「ガンジスの深き流れ」に敬虔な「祈り」を込めて、「澄みわたる川面に身をかがめ」て水を汲もうとした彼女は、そこに思いもかけぬ姿を目にすることになる(II, 15–17)。その劇的な場面を詩人は次のように描写する。

Plötzlich überraschend spiegelt
Aus des höchsten Himmels Breiten
Über ihr vorübereilend
Allerlieblichste Gestalt
Hehren Jünglings, den des Gottes
Uranfänglich — schönes Denken
Aus dem ew'gen Busen schuf; (II, 18–24)

思いもかけず　不意に　水面に写るのは
至高の天の広がりを
頭上に天翔けて行く
気高き若者の　類なく好もしき雄姿
それは　久遠の神の御胸に息づく

劫初からのめでたき思いのままに
創り成されしもの

七行にわたって各行四ヘーブングのトロヘーウスの韻律で一貫したこの詩句は、彼女の生死に関わると言っても過言でない緊張感に満ちている。それは端的には、これらの詩行がアンジャンブマン（詩行のまたがり）で統一されていることから来るものである。つまり、これによって、われわれも否応なく、まさに息継ぐひまもない勢いで次の行、次の行へと読んでいくことを余儀なくされるからである。

そして、それは無論、単に外形的な韻律上の要請から来る緊張感というばかりではない。それは何よりも先ず、彼女自身「思いもかけ」ぬ、「不意」の事態に由るものである。即ち、この一文冒頭の"plötzlich" "überraschend"という副詞の連続によって、彼女の内心の驚きと動揺の大きさは、隠しようもなく露わにされる。日頃であれば、みずからの心の「清らかさ」と、信仰心の「篤さ」にいささかの揺るぎもなく、その双手に汲み上げる「流るる水」が、「玲瓏たる水晶の珠」となることにひそかな自負を持つ身であるだけに（I, 9–11）、この朝に限って、「気高き若者の　類もなく好もしき雄姿」を目の当たりにしたとあっては、彼女ならずとも、内心の動揺を抑え切れないのは、むしろ自然なことだろう。これについては、例えば、女性の潜在意識に根強くわだかまる、理想の男性像への願望を表すものだというような、深層心理学的な解釈も一応は成り立つようにも思われるが、われわれとしては、そのような賢しらな見方はひとまず置いて、あくまでもテキストの流れに即して、事の次第を追っていくことにしよう。

それよりも、われわれは第I詩節でも見られた形容詞の多用が、ここにおいても変らないことに留意しておきたい。例えば、ここで水面に映し出された若者については、“allerliebst”“hehr”という最大級の賛辞を意味する形容詞が用いられているが、それも道理、この「類なく好もしき雄姿」そのものが、「久遠の神の胸」に息づく、「劫初からのめでたき思いのままに」、「創り成されしもの」だからである。これが前節の「清らにも　美しき」妻と好一対を成していることは言うまでもないが、いずれにしても、ここにおいて当人の意思とは関わりなく、というよりもむしろ、神の意のままに、理想の男女の出会いが実現されていることだけは、決して見逃し得ない事実である。そのことがこの詩一篇を貫く最大の眼目だからである。

いずれにしても、自分がこういう事態に直面しようとは思いもかけず、それまでいささかの邪心もなく、自らの無垢を自負していただけに、この場に直面した彼女の心の乱れが並み一通りのものでなかったことは、容易に察せられるところである。

Solchen schauend fühlt ergriffen
Von verwirrenden Gefühlen
Sie das innere tiefste Leben,
Will verharren in dem Anschaun,
Weist es weg, da kehrt es wieder,
Und verworren strebt sie flutwärts,

Mit unsichrer Hand zu schöpfen;
Aber ach! sie schöpft nicht mehr! (II, 25–32)

そのような姿を見ては
彼女の心は千々に乱れ
胸底に秘めた　生命の炎の揺らぐを覚え
いつまでもその姿に見入りたいと思いつつ
振り払おうとすれば　たちまち戻り来る
取り乱しつつも　川面に向い
震える手で水を汲もうとすれば
ああ、何たること！　もはやその手に水は結ばれぬ！

ここには“ergriffen/Von verwirrenden Gefühlen”“verworren”“Mit unsichrer Hand”等の簡潔ながら緊迫した措辞によって、彼女の周章狼狽振りが如実に描き出されている。それが、上述した彼女の「清浄さ」が脅かされたという危機感から来るものであることは、多言を要しない。(16) しかるに、ここでもっとも注目すべき詩句は、“das innere tiefste Leben”という一句であろう。これによって、日ごろの清浄さ、信仰の篤さにも関わらず、「女性の魂の深遠に潜むエロース」に促されて、彼女の「胸底に秘めた　生命の炎」の実体が、瞬時のうちに白日の下に曝されることになったからである。(17)「いつまでもその姿に見入りたい」という一文には、彼女の秘めた思いの真実が見紛いようもなく吐露されている。「振り払おうとすれば　たちまち戻り来る」のも、彼女の日頃からの憧れと願望の根強さを反映したものと見れば、何の不思議もない。これについて、コメレルは「ゲーテは不浄なものを行為として描くことを好まず、彼にとってそれは思い考えることの中に存する」と言うが[18]、確かに、この場面での彼女は外形的には何の不行跡も働いてはおらず、その心の乱れはあくまでも彼女の想念の中だけのことであるのは事実である。いずれにしても、こうして、みずからの潜在的な願望を直視せざるを得なくなった彼女の心が「千々に乱れ」、「取り乱し」て、水を汲む手が「震える」というのも当然過ぎる成りゆきである。そしてこのことが、今後の彼女の身の行く末に大きく関わってくることになるのである。

妻の悲劇

前の詩節に見られた彼女の動転振りは、この部の圧巻とも言うべき第Ⅲ詩節に至って頂点に達する。

Arme sinken, Tritte straucheln,
Ist's denn auch der Pfad nach Hause?
Soll sie zaudern? soll sie fliehen?
Will sie denken, wo Gedanke,
Rat und Hülfe gleich versagt? —
Und so tritt sie vor den Gatten;

Er erblickt sie, Blick ist Urteil,
Hohen Sinns ergreift das Schwert er,
Schleppt sie zu dem Totenhügel,
Wo Verbrecher büßend bluten.
Wüßte sie zu widerstreben?
Wüßte sie sich zu entschuld'gen,
Schuldig, keiner Schuld bewußt? (III, 37–49)

両の腕は垂れ　足取りはよろけ
これがほんとに同じわが家への道なのか？
思いあぐねている時なのか？　逃げ出すべきか？
思案のしようがあろうか？　分別も
助言や助力も　絶たれているというのに——
とかくする間に　妻は夫の前にまかり出る
夫は一瞥をくれ　その一瞥はすなわち裁き
正義の刃を手に取るや　夫は
妻を死者の丘へと曳きずり行く
罪人たちが贖いの血を流す所へ

抗う術のあり得ようか?
無実を晴らす術のあり得ようか?
罪の覚えなく　罪を背負う身であれば

ここに見られるのは、主情的な語句を極力切り詰め、即物的な表現に徹した、迫真の筆致である。これによって作者はわれわれに、抜き差しならぬ状況に置かれた彼女の立場を、物の見事に浮き彫りにしてみせる。即ち、ここに至って、第I詩節の明るく昂揚した場面とは対照的に、彼女の運命の暗転がひときわ鮮やかに印象付けられるのである。

そのことは、例えば、この詩節の冒頭の二行を見ただけでも明らかだろう。いつもであれば、「胸をはずませ／汚れなき作法を守り　足取り軽やかに／その聖水を館の夫へ捧げゆく」(I, 12–14) ことを喜びとしていた彼女が、今日は「両の腕は垂れ　足取りはよろけ」て、通い慣れた家路を辿るというのだから、彼女の身を襲った運命の急転は、いまや見紛いようもない。その点で、とりわけこの詩節二行目の副詞“auch”の効果的な使用は、見過しに出来ない重みを持っている。この一語にこそ、「これがほんとに同じわが家への道なのか?」という彼女の心情が凝縮されていると思われるからである。

この事態の急転回は、“Er erblickt sie, Blick ist Urteil”以下の、息継ぐひまもなく畳み掛けられる詩句の斡旋によって、いやが上にも強調されてゆく。これによって、「抗う術のあり得ようか?」「無実を晴らす術のあり得ようか?」という、まさに非現実話法の“wüßte”の重用による表現効果と相まって、彼女の置かれた絶望的な状況が定着されていくことになるのである。「罪の覚えなく　罪を背負う身であれば」という結びの一句は、簡潔この上ない措辞によって、彼女の悲劇性を余すところなく伝えるものとなっている。

息子の登場

一方、「一瞥」のうちに妻の不義の罪を見て取った夫は、「清浄であることが妻の本義であり、裁くことが夫の正義である(19)」という建前の下に、熟慮するいとまもあらばこそ、瞬時のうちに「裁き」を下し、みずからの「正義の刃」で成敗する羽目となるのであるが、この夫婦は両者ながらに、自分自身の自覚的な意思とは関わりなく、最大の悲劇の中に引きずり込まれていくわけであるから、その限りについて言えば、これは古典ギリシア的な運命悲劇と言ってよいだろう。しかも、その悲劇性はこれに止まらず、血刀下げて戻って来た父親を見咎める息子の言葉によって、ついに頂点に達する。

"Wessen Blut ist's? Vater! Vater!"—
"Der Verbrecherin!" — "Mit nichten!
Denn es starret nicht am Schwerte
Wie verbrecherische Tropfen,
Fließt wie aus der Wunde frisch.
Mutter, Mutter! tritt heraus her!
Ungerecht war nie der Vater,

Sage, was er jetzt verübt." —
"Schweige! Schweige! 's ist das ihre!" —
"Wessen ist es?" — "Schweige! Schweige!" —
"Wäre meiner Mutter Blut!
Was geschehen? was verschuldet?
Her das Schwert! ergriffen hab' ich's;
Deine Gattin magst du töten,
Aber meine Mutter nicht!
In die Flammen folgt die Gattin
Ihrem einzig Angetrauten,
Seiner einzig teuren Mutter
In das Schwert der treue Sohn." (IV, 53–71)

「それは誰の血？　父上！　父上！」——
「罪を犯した女の！」——「それはありません！
罪人の血であれば
刃に固まり付くはずなのに
これは鮮血のように滴っているではありませんか

母上、母上！　おいでください！
ついぞ誤ったためしのない父上が
どんな非道を犯したのか　教えてください」——
「黙れ！　黙れ！　これこそあやつめの血なのだ！」——
「誰の血だと？」——「黙れ！　黙れ！」——
「これが母上の血だなんて！
何があったのです？　どんな過ちがあったのです？
その剣をこちらへ！　わたしが預かっておきましょう
妻を殺すことはあっても
わが母上を手にかけるとは何事！
妻たるものなら　唯一の夫の後を追い
炎に身を投ずるのもいといません
かけがえのない母上のためなら
この身を刃に投ずるのは男子の務め」

ここに吐露される息子の一語一語は、まさに血を吐く悲痛さに満ちている。父の下げた刀から滴り落ちる血が、まさか自分のかけがえのない母親のそれであるとは思いも及ばぬ彼の発する、「母上、母上！おいでください！」以下の三行にわたる詩句は、とりわけ、この悲痛さを際立たせて余すところがない。

対する父親が四度にわたって、「黙れ！　黙れ！」と連呼するのも、そのほかになす術を知らない心情をよく伝えている。

中でも、この緊迫した父子のやりとりを通じて、その血が母親のものであることを認めざるを得なくなった息子のとどめの一句には、母を慕う真情と共に、人倫の道を死守せずにはおかないという、彼の決然たる気概に溢れている。それは、一つには、ここで“einzig”という副詞が二度繰り返されていることから生じる、表現効果に拠るものと思われる。即ち、最初のそれは、妻の立場からして、「二夫にまみえず」という貞節さを強調する働きをしていて、そのことが「炎に身を投ずるのもいとわない」という道義につながっている。そのことはまた、息子の立場からして、「唯一」の「かけがえのない」母親の名誉を守るためなら、自らの身を「刃に投ずる」決意へとつながってゆくのである。

更にはまた、息子のこの決意が、以下の展開を促すための不可欠の呼び水ともなっているのである。

意外な展開

息子の激しい気迫に圧されるように、父親が「待て、おお待て！」と必死に息子を引きとめ、「今ならまだ間に合う　大急ぎで駆けろ！／母の頭を胴につないで／継ぎ目を刃で触れるなら／母は生き返りおまえに従おう」と再生の方途を示唆するのは（V, 72–76）、この場において父親に出来るせめてもの思いやりと言うべきだろう。

対する息子が、まさに「息もつがせ」ぬ勢いで「駆け出し」て、母親と、罪を犯して処刑された女の、「二人の女の体と頭が打ち重なっている」のを確認し、「血の気の失せた母の死顔に口づけする」いとまもあらばこそ、父に言われたままに、それを「間近にころがる胴につなぎ合わせた」というのは、息子としての情からして、当然過ぎる対応である（VI, 77–85）。

彼のこの一連の行動を描写する詩句の流れは、“eilend” “atemlos” “eilig” という副詞の多用と相まって、文字通り「息つぐひまもな」い緊迫感に満ちている。然るに、自然の情から出たこととはいえ、彼のこの性急さは図らずも、取り返しのつかない、重大な結果をもたらすことになる。即ち、彼が心急くあまりに、母親の「頭」と、罪を犯した女の「胴」を継ぎ合わせたばかりに、とてつもない「巨体の女が立ち上が」り、その「神々しくも　今に変らぬ　やさしくも尊い母の口元」からは、延々五詩節、五六行にわたって、「戦慄の言葉」が発せられることになるのである。

Sohn, o Sohn! welch Übereilen!
Deiner Mutter Leichnam dorten,
Neben ihm das freche Haupt
Der Verbrecherin, des Opfers
Waltender Gerechtigkeit!
Mich nun hast du ihrem Körper
Eingeimpft auf ewige Tage;
Weisen Wollens, wilden Handelns
Werd' ich unter Göttern sein.

Ja des Himmelsknaben Bildnis
Webt so schön vor Stirn und Auge;
Senkt sich's in das Herz herunter,
Regt es tolle Wutbegier. (VII, 90–102)

息子よ　おお　息子よ！　何という慌てようだ！
おまえの母のなきがらはあそこだよ
その隣が　罪ある女の
恥知らずな首　この世を統べる正道の
生贄にされたもの！
こともあろうに　おまえはその胴に
このわたくしを　未来永劫植え込んだ
おかげでわたしは　思いは正しいながら　行い乱れて
神々の下に生きてゆくことになろう
げにあの天の申し子の美しき姿は
わがまなかいに焼き付いて離れず
それがこの心の奥に沁み入るや
狂おしい欲情を掻き立てるのじゃ

息子の善意の過誤から惹き起されたこの第二の悲劇を描写する筆致によって、この連作は一気に頂点に達する。母親の頭と罪人の胴の接合というモティーフは、一見、グロテスクな取り合わせとも見えようが、実は、ここには一筋縄では解き明かせない、不気味なまでに複雑微妙な女性心理が秘められているように思われる。それを端的に示すのが、「思いは正しいながら　行い乱れて」という一句である。「心清らかで　眉目麗しい」この妻（I, 1f.）の胸中深く潜む激情については、既に「うつろの渦の身もよだつ深み」（II, 35f.）という詩句によって暗示されていたが、その正体がここに至ってついに、白日の下に曝されたのである。それを促す契機についても、既に第Ⅱ詩節について見た通りであるが、それが一過性の心の揺らぎではなく、日ごろは胸中深く秘めた彼女の願望とぴったり合致するものであったことは、「げにあの天の申し子の美しき姿は／わがまなかいに焼き付いて離れず」という詩句から、明らかである。彼女がこのように自らの胸中を明言するに至ったのが、ほかならぬ息子の過誤によるものであったというところに、この物語の二重の悲劇性と逆説はある。

こうして自らの「狂おしい欲情」の実態を告白した彼女は、まさに堰を切ったような勢いで、思いの丈をぶちまけることになる。それによれば、この欲情の激しさは、彼女が自ら「その姿は絶えず立ち戻り／絶えず上り行き、絶えず下り来る」と告白している通り、片時も彼女の脳裏を去らないほどに根強いものであった。自分の意思を超えたその執着の深さは、“immer”という副詞が連続して繰り返されていることからも明らかである（VIII, 103f.）。

しかも、ここで注目すべきことは、彼女が「これぞ梵天の欲するところだった」と断言していることである（VIII, 106）。つまり、彼女によれば、この「天の申し子」に「華やかな翼」と「涼やかな顔」

と「たおやかな四肢」を与え、「神々しくも類ない姿」をとらせたのも、ほかならぬこの梵天の命によって、「わたしを試み　誘いをかける」ためだった、というのである。その結果、「バラモンの妻たるわたしは／頭は天に留まりながら／パリアの体を得て　この地上の／引き摺り下ろす力を感じる定め」を担うほかなくなった、というわけである（VIII, 113–116）。それはまさに、「純と不純の二重性」、「全的な自然と全的な魂」の融合した「新たな生」の権利を自覚したことから発せられる言葉なのである[20]。

これを見れば、われわれはいやでも、情念の支配に身を委ねようとする欲求と、天上の高みを目指して飛翔しようとする願望という、「二つの魂」のせめぎ合いに苦悩する、あのファウストのことを連想せざるを得ない。霊肉二元という、人間普遍の課題という点で相通じると思われるからである。

ただ、一方が遼遠たる前途を前にした未婚の男の口から発せられたのに対し、他方が夫も子もある既婚の女性の言であるところに、この詩の独創性はある。言い換えれば、この女性は「狂おしい欲情」の赴くままに、その肉は「この地上の／引き摺り下ろす力」に抗し難い思いを自覚する一方で、夫や息子に対する愛、人倫の道を完全には忘れ得ないというところに、彼女の葛藤の深刻さがある。果せるかな、彼女は息子に対して、人間としての真情から発する言葉を投げかけるのである。

救いへの道

Sohn, ich sende dich dem Vater!
Tröste! — Nicht ein traurig Büßen,

Stumpfes Harren, stolz Verdienen
Halt' euch in der Wildnis fest;
Wandert aus durch alle Welten,
Wandelt hin durch alle Zeiten
Und verkündet auch Geringstem:
Daß ihn Brama droben hört! (IX, 117–124)

息子よ　父の所へ赴きなさい！
父を慰めておくれ！　償いにこころを痛め
空ろに待ちわび　日々の労苦を誇りにして
そなたらが荒野に留まっていることのないように
二人して世界を隈なく遍歴し
時代を超えて渉り歩いて
非人にも告げるがよい
高きにいます梵天は耳を傾け給うと！

大半が命令法によって成り立つこの詩節で見逃し得ないのは、その命令形が二行目の“tröste”という単数の相手に対する呼びかけから、五行目以下の“wandert aus”“wandelt hin”“verkündet”という複数の相手に対するものへと変化していることである。このことは、彼女が直接には息子一人に向って語りかけていると見せながら、その内実においては、息子と夫を一体不可分のものと認識していることを意味する。

それ以上にここで注目すべきことは、一方では上述のような人間的情念をいまだに忘れられずにいる彼女が、「償いにこころを痛め／空ろに待ちわび　日々の労苦を誇」るというきわめて人間的な営為を、いともあっさりと否定していることである。この場における彼女の感覚からすれば、それはすべて、「荒野」の中にいつまでもからめとられている愚としか映らないのである。つまり、彼女はここで“Wildnis”という語を、地理的な概念としてではなく、そのイメージを心理的側面に転用して、いつまでも因襲の中に縛られていることの非を訴えているのである。そして、彼女はいわばその反措定として、“alle Welten”“alle Zeiten”という、時空を超えた広やかな世界の存在することを提示するのである。

彼女がこのような思い切って過激な言を発するのも、「高きにいます梵天は耳を傾け給う」という揺るぎない信条から来るものであることは言うまでもない。しかも、彼女のこの信仰が、自らの血を流し、頭と胴を取り替えられるという受難を経ながら、「これぞ梵天の望み給うところ」(VIII, 106) という確固たる実感に裏打ちされたものであるところに、その強さはある。換言すれば、彼女はこのような受難を身に引き受けることによって、逆に、血の通った真の人間性を回復し、時空を超えて働く神性の自覚を得たと言ってよいだろう。

こうして魂の再生を得た彼女は、息子に向って己の住む世界のことを語って倦まないのである。例えば、第X詩節の彼女の言は、思わぬ身の変転を味わった末の、「梵天の眼には一人の非人もなし」(X,

125）という、梵天に対する絶対的な帰依に貫かれているように見える。即ち、彼女は、「手足が萎」え、「こころは激しく乱れ」て、「助けも救いもなく暗澹たる思いを抱い」ている者であっても、「バラモンたるとパリアたるとを問わ」ず、「その目を上天に向け」さえすれば、そこには万人をみそなわす「千の目が燃」え、人々の訴えに「大悲の心で千の耳を傾け」る存在があって、その目や耳の恩寵に与からぬものは「何一つない」と断じるのである（X, 126–134）。彼女がこのような信仰告白を為し得るに至ったのも、みずからの受苦を契機として、「世界を隈なく遍歴し／時代を超えて渉り歩い」たという自負が、その暗黙の前提になっているものと思われる。

その点で、異なる頭と胴の継ぎ合わせという異常な出来事も、彼女の霊肉の一致を実現させるためには、必要不可欠なプロセスだったのである。但し、このことによって、彼女の救済が最終的に成就されたと見るのは、いささか早計に過ぎるであろう。というのも、彼女はその長広舌を締めくくるに当って、次のような注目すべき言を発するからである。

Heb' ich mich zu seinem Throne,
Schaut er mich, die Grausenhafte,
Die er gräßlich umgeschaffen,
Muß er ewig mich bejammern,
Euch zugute komme das.
Und ich werd' ihn freundlich mahnen,

Und ich werd' ihm wütend sagen,
Wie es mir der Sinn gebietet,
Wie es mir im Busen schwellet.
Was ich denke, was ich fühle—
Ein Geheimnis bleibe das.（XI, 135–145）

わたしが玉座へ昇り行けば
梵天はむごくも　みずからの手で創り変えた
おぞましいこの身をしかと見つめ
永劫かけて嘆き給うほかはない
これがそなたらの幸ともならんことを
さすればわたしは　梵天をやさしく警めよう
怒りに狂って告げもしよう
わがこころの命ずるままに
この胸のふくらむままに
わが思うところ　感ずるところを——
その中身は秘密にしておこう

梵天への信仰告白に終始し、救いの手に抱かれるかに見えた直前の詩節から一転して、ここには極めて屈折した彼女の心情が吐露されている。その点でこれは、「永遠なる女性」の手に導かれて昇天するファウストの救済劇とは、いささか趣を異にしている。その分だけ、ここにはあくまでも人間臭い妄執が付きまとっており、その妄執が却って、リアルな彼女の女性心理を提示する興趣ともなっているようである。

彼女がここにいたってもなお、「成仏」できないのは、一にかかって、彼女が今もなお、「おぞましいこの身」という意識を払拭できないでいることに由来する。しかも、彼女をこのような身に「創り変えた」のが、ほかでもない、梵天そのものであるというのだから、彼女の心が容易には鎮まり得ないのは当然である。梵天のその所業に対して発せられる"gräßlich"という一語には、彼女の恨みの念が凝縮されているものと思われる。そうであればこそ、彼女は梵天が「この身をしかと見つめ／永劫かけて嘆くことを、当然の償いとして要求し、梵天のその気遣いが、愛する夫と息子の「幸ともならんこと」を願うのである。そして、その上で、彼女は梵天に真向い、あるときは「優しく」、時としては「怒りに狂って」、自分の「思うところ」「感ずるところ」をぶちまけようというのである。

このことは、逆に言えば、彼女が既にこの梵天のことを、自分の心の丈を洗いざらい、心安んじて打ち明けられる唯一の相手、全幅の信頼を寄せる相手として、受け止めていることを意味していることになるだろう。「その中身は秘密にしておこう」という思わせぶりな結びの一句は、彼女が絶対的な帰依の対象を見出したことを意味すると同時に、みずからの受難を通して露わにされた「人間の魂の相克という世界の二元性[21]」が凡人には捉え難く、堪え難いことを示唆しているものと思われる。

いずれにしても、水面に映る美青年の面影を目の当たりにしたことを契機として、いわば「神の花嫁」となった彼女は、いまや神の告知者として、人々にその福音を伝える役目を担うことになるのである。

こうしていよいよわれわれも、この連作を締めくくる「パリアの感謝」の祈りを耳にする運びとなる。

円環の完成——むすびにかえて

Großer Brahma! nun erkenn' ich,
Daß du Schöpfer bist der Welten!
Dich als meinen Herrscher nenn' ich,
Denn du lässest alle gelten.

　Und verschließest auch dem Letzten
Keines von den tausend Ohren;
Uns, die tief Herabgesetzten,
Alle hast du neu geboren.

Wendet euch zu dieser Frauen,
Die der Schmerz zur Göttin wandelt;
Nun beharr' ich anzuschauen

Den, der einzig wirkt und handelt. (I, 1–III, 12)

大いなる梵天！　今こそわれは知る
おんみこそ　世界の創り主なることを！
おんみをわが主と呼ぼう
一切衆生をして　その所を得させ給うゆえ

最下等の者にも
千の耳の一つだに閉ざされず
業苦の底に落されたわれらを
一人残らず　新しく生み給うたゆえ

諸人よ　苦難を経て女神となりし
この女性を仰ぎ奉れ
いまこそわれは　生きて働く
唯一の者を拝まんものと待ちわびる

ここで再び各節四行、各行四ヘーブングのトロヘーウス、交差韻という定型の韻律が用いられているのは、当然ながら、先の「パリアの祈り」がここでようやく実現成就したことに対する、「感謝」の思いを歌うという内実と呼応するものである。一言で言えば、ここには「神の前でその存在を認められた最下層の人間のささやかながら、揺るぎない充足感[22]」が溢れている。

パリアがここで梵天を「世界の創り主」と認識し、「わが主」と呼ぶのも、「苦難を経て女神とな」った「この女性」の口を通して、梵天が分け隔てのない「千の耳」と「千の目」で、「一切衆生に所を得させ」る存在であることを確認したからにほかならない。彼がここで梵天に対する満腔の「感謝」の念を覚えるに至ったのも、あのバラモンの妻の受難があったからこそである。つまり、バラモンの妻という身でありながら、あまりに人間的な欲情に翻弄された挙句に、究極の回心に達し得たことは、パリアという立場にがんじがらめにされた者の目からして、身分制度の枠を超えた、普遍の真理の顕現を確信させるに十分なものであった。彼が同胞に向って、「苦難を経て女神となりし／この女性を仰ぎ奉れ」と訴えるのは、そういう彼の心情を表したものと思われる。

こうしてゲーテは「パリアの祈り」において、現世で卑しい存在に置かれた者の存在価値を神に問い、「奇しき物語」では、人間自身の中に潜む神性と人間性、至高の要素と卑小の要素の混和について比喩的な答えを提示し、最後の「パリアの感謝」では、そこから教訓と結論を引き出すことによって[23]、独自の人間賛歌をわれわれの前に展開してみせたのである。

註

（1）拙著『ゲーテと異文化』九州大学出版会、二〇〇五、参照。

（2）Staiger, Emil: Goethe. Bd. III. 1814–1832. Atlantis Verlag MCMLIX. Zweite, unveränderte Auflage 1963. S. 213f.

（3）Gundolf, Friedrich: Goethe. Wissenschaftliche Buchgesellschaft. Darmstadt 1963. S. 679f.

（4）Vgl. Eckermann, Johann Peter: Gespräche mit Goethe in den letzten Jahren seines Lebens 1823–1832. In: Johann Wolfgang Goethe. Sämtliche Werke.Deutscher Klassiker Verlag.Frankfurt am Main 1999. Bd. 12.（以下、EGG と略記）S. 703.

（5）Staiger: S. 215.

（6）Vgl. Trunz, Erich: Anmerkungen zu “Die Weltanschaulichen Gedichte.” In: GW. Bd. I. S. 676.

（7）EGG: S. 69.

（8）Vgl. Trunz: GW. Bd. I. S. 676f.; Staiger: S. 219.

（9）Viëtor, Karl: Goethe. Dichtung. Wissenschaft. Weltbild. A. Francke AG. Verlag Bern 1949. S. 266.

（10）Kommerell, Max: Gedanken über Gedichte. Vittorio Klostermann. Frankfurt am Main 1943. S. 419.

（11）Vgl. Staiger: S. 219.

（12）a.a.O., S. 218.

（13）Vgl. a.a.O., S. 216f.

（14）万足卓：『魔法使いの弟子』三修社、東京、一九八二、二三二頁。

（15）Vgl. Kommerell: S. 420.

(16) Vgl. a.a.O., S. 420ff.
(17) Vgl. a.a.O., S. 422.
(18) a.a.O., S. 420.
(19) a.a.O., S. 423.
(20) Vgl. a.a.O., S. 425f.
(21) a.a.O., S. 428.
(22) Staiger: S. 218f.
(23) Vgl. Gundolf: S. 680.

ゲーテの現代性――『魔法使いの弟子』

はじめに

小論で取り上げるゲーテの『魔法使いの弟子』は、われわれが前に見た『コリントの花嫁』や『神と遊女』、更には『宝掘り』『伝説』などと共に、一七九七年に成立し、シラーの主宰する『一七九八年のための詩神年鑑』に収められたものであることは、すでに周知の通りである。

いずれの作品も、作者の自由で奔放な想像力を基にして、「はつらつとして縦横な語り口、起伏に富み、時として諧謔に満ちて、精細に描き出される出来事」が主調を成していることは[1]、物語詩というジャンルの特性からして当然のことであるが、中でも、「中途半端に身につけた技で師匠の役回りを演じようとする、思い上がった弟子という古いモティーフを機知に富む方法で扱っている[2]」とされるこの『魔法使いの弟子』は、『ファウスト』の作者ゲーテの生来の魔術好みにふさわしく、彼の本領が遺憾なく発揮された作品と言ってよいだろう。これには、確かに、ちょうどその頃、妻子を伴ってフランクフルトに帰郷し、母親の許に一ヶ月近く滞在して、いたずら盛りの一人息子アウグストを相手に、しばしの休息を楽しんだという、心の安らぎが反映されているものと思われる。[3] その点で、これは極めて遊戯的、メルヒェン的な要素の濃厚な作品である。

ところで、コメレルはこの作品を評して、「モティーフと思想の古風さを無傷のまま残し、その両者をこの上なく透明な言語で顕現させることに甘んじている古典的なバラード[4]」と言い、シュタイガーは、「『宝掘り』や『魔法使いの弟子』の場合は、これ以上の考察をくだくだしく述べるべき義務は殆ど感じられないだろう。いずれの作品においても、摩訶不思議なこと、魔術的なこと、幽霊めいたことが生起するにも関わらず、神秘的な効果はまるきり見られず、せいぜいのところ、単に素材を心に留め、ここで欠けている上方及び下方倍音（言外の響き…引用者注）が無くても痛痒を感じない子供っぽい読者に受けるのが特長的である[5]」と酷評するが、これらはいずれも、いささかならず表層的な見方だと思われる。

詩的技巧を駆使したこの物語詩の内実は、そのメルヒェン風の外見とは裏腹に、物語詩という衣を借りながら、実は、単なるイロニーという以上に、現代に生きるわれわれにも通じる深刻な警告を含んでいると見えるからである。即ち、われわれには、しばしば引用されるドイツのことわざ、「すべての始まりは難しい」（Aller Anfang ist schwer.）をもじって言えば、これはまさに、「すべての始まりは易しいが、すべての幕引きはまことに難しい」（Aller Anfang ist zwar leicht, aber alles Ende ist ganz schwer.）とでも言えそうな、切実で普遍的な課題をわれわれの前に突きつけているように思えるからである。

それについては、例えば、現代の科学技術の進展について考えるのが分り易いだろう。それは大半の場合、純粋に学問的関心から、あるいは、人類の文明の発展という崇高な目的から出発し、推進され、現に多大の成果を挙げてきたが、その一方で、それがいまや自然への脅威となり、われわれの存在を脅かすに至っている面があることも、厳然たる事実である。そう考えれば、この作品は、必ずしも作者自身の意図とは関わりなく、現代に生きるわれわれに、文明のあり方について再考を促さずにはおかない深い示唆を含んでいるようにも見えてくる。われわれはこれを永遠に色褪せぬゲーテの現在性と見て、そういう視点から、テキストに即して、この作品を読み直してみることにしたい。

成立の背景と外形的特徴について

「筋立て自体は単純で、逸話的物語という意味で明快にきびきびと展開され[6]」るこの物語詩の素材は、もともとギリシアの散文作家ルーキアーノス（Lukianos, 120頃―195頃）の「うそつきの友達、またの名を不信心者」に依るが、ゲーテはそれをヴィーラント（Wieland, Christoph Martin, 1733–1813）によるドイツ語訳を通して知ったもののようである。彼はそれ以前から、「読み古されたルーキアーノスが彼の座右に見えないことは絶えてなかった[7]」というほどの熱狂的なファンで、彼のヘブライ語の教師であったアルブレヒトの感化で、ルーキアーノスの著作に触れていたとも言われることから、ヴィーラント訳との出会いも彼にとってきわめて自然に受け入れられたものと思われる[8]。

いずれにしても、こうして触れ得た素材を基にして、彼はここでもまたそれを完全に自家薬籠中のものとして、独自の詩世界を現出させている。そのことは先ず、全九八行中の大半（一行目から九二行目）が弟子の一人芝居という形で進行するという、甚しく均衡を欠いた、特異な外形を見ただけでも明らかである。加えて、この詩の韻律構造も極めて特徴的である。例えば、その押韻構成は、全体を通して、

a—b—a—b—c—d—c—dという詩節と、e—f—f—g—e—gという詩節の組み合わせで一貫している。

これが彼の意図的な操作によるものであることは言うまでもないが、これによって彼はまさに、この詩の主題にふさわしい言語の魔術を思いのままに操ることが出来たのである。さらに、各行四へーブングから二へーブングにわたるトロへーウスによるリズムの変幻自在な変化も、長短自在な詩行の中で躍動し、この魔術的効果に一層の生彩を添えるものになっている。

これに加えて、われわれはこの作品全体の構成上の特徴も見逃すわけにはいかない。これについてブリュッガーは、「この詩の極めて技巧に富む形式は、殆どシンメトリックと言ってよい二部構成と、それに続く短いエピローグによって、劇的効果と臨場感を盛り上げながら、全体の筋を浮き彫りにさせている」(9)と評価する。これはこの作品の構成上の特徴をよく言い得た言だと思われるが、われわれとしては、一行目から四二行目までを第一部、四三行目から八四行目までを第二部とする彼の見方とはいささか意見を異にして、一行目から八行目までをプロローグ、九行目から四〇行目までを第一部、四一行目から八八行目までを第二部、八九行目から九八行目までをエピローグと見たいと思うのである。それによって、この詩の構成上の特徴が一層明確になると思われるからである。

具体的に言えば、作者は先ず、①最初のプロローグ部において、師匠の留守をよいことに、自らの力量を誇示しようとするこの弟子の置かれた状況と意気込みを、簡潔明快に提示する。②それに続いて、第一部においては、得意満面の弟子の様子を活写すると同時に、この部の終盤四行において、自らの暴走に気づいた彼の不安と懸念を、感嘆符とダッシュの効果的な使用によって、さりげなく暗示する。③

第二部では、歯止めのきかなくなった自らの魔術の展開に慌てふためき、ついには、師匠に助けを求めざるを得なくなったこの弟子の言動を、フモールとイロニーを交えてリアルに描き出す。彼のこの困惑振りは、やはり感嘆符とダッシュによって明確に印象づけられる。④そしていよいよ、弟子の絶叫に呼応して登場する師匠の止めの呪文によって大団円となる、という趣向なのである。

このような韻律及び全体構造上の特徴を念頭に置きながら、以下、テキストの実際に即して、われわれもゲーテの魔法の世界に足を踏み入れてみることにしよう。

弟子の口上

上述したこの弟子の長広舌は、次のような口上によって始まる。

Hat der alte Hexenmeister
Sich doch einmal wegbegeben!
Und nun sollen seine Geister
Auch nach meinem Willen leben!
Seine Wort' und Werke
Merkt' ich und den Brauch,
Und mit Geistesstärke
Tu' ich Wunder auch. (I, 1–8)

あの老いぼれ大先生
やれやれやっとお出かけだ！
さあ　先生に操られていた霊ども
これからは　おれの意のままになるのだぞ！
呪文に印の結び方　そのやり口は
とくと　ちょうだいしておいた
今度はおれの念力で
奇跡の数々現じてみせよう

「必要最小限のことだけが極めて簡潔な導入部として提示される」とされ、「人物も場所の名前も明示されていな[10]」いこの冒頭の一節を見ただけで、われわれは早くも、この「魔法使いの弟子」の置かれた状況を知ることになる。

　とりわけ、一行目の“der alte Hexenmeister”という言い方は、この弟子の日頃からの思い屈した心境を伝えるに十分である。それは何より、彼が自らの師匠を呼ぶのに、古くから悪役を一身に引き受ける役回りを演じさせられてきた、“Hexe”という一語を付していることから明らかに見て取れる。彼のそういう心情から見て、この“alt”という形容詞も、決して「老大家」の意を含む尊称として用いられているようには思われない。むしろ、逆に、いつも威張り散らして、自分の頭を押さえつけている「老いぼれじじい」とでも言っていいようなニュアンスの方が濃厚に感じられる。そのことは、二行目の「やれやれやっとお出かけだ」という言い方からも読み取れるだろう。ここで畳み掛けられる“doch”“einmal”という不変化詞は、一刻も早く邪魔者が自分の目の前から退去することを望んでいる彼の心理を、極めて効果的に印象づけている。

それもこれも、これまで師匠の言いなりに「操られていた霊ども」を、これからは自分の「意のまま」に動かしてみたくてたまらずにいるこの弟子の心情から来るものであることは、明らかである。四行目に見られる“Auch nach meinem Willen”という措辞には、彼のそういう野心と焦燥が余すところなく集約されているものと思われる。中でも、“auch”という一語には、魔術を操る手腕にかけては、まさしく師匠と「同等」の域に達しているはずだという、彼の自負の念が込められているようである。それと言うのも、彼には、師匠が日頃から自分の目の前で演じてみせる「呪文に印の結び方　そのやり口は/とくと　ちょうだいしておいた」という意識が、いまや抑えがたいほどまでに高まっているからである。そういう彼にとって、師匠がたまたま「出かけ」て留守をしたことが、願ってもない千載一遇のチャンスと映ったのは、当然過ぎることである。こうして彼は、この機を逸してなるものかという意気込みで、「奇跡の数々現じてみせよう」と広言するのである。

ここまで見たとおり、作者はわずか八行の簡潔な詩句によって、早くもわれわれを「魔術」の世界に引き込むが、われわれもしばらくその「意のまま」に、この弟子の腕前のほどを追ってみることにしよう。

魔術の開始

さて、絶好のチャンスを得て意気込むこの弟子のかける呪文は、次のようにして始まる。

Walle! walle
Manche Strecke,
Daß zum Zwecke
Wasser fließe,
Und mit reichem, vollem Schwalle
Zu dem Bade sich ergieße! (II, 9–14)

湧き立ち　溢れよ！
どこどこまでも
目当てのところまで
水よ　流れよ
漲り溢れる奔流もろとも
流れ込め　プールになるまで！

各行二ヘーブングのトロヘーウスのリズムに乗って誘い出される水の勢いは、四ヘーブングのトロヘーウスへと変じて、まさに止まることを知らない豊かな水流と化す。“walle, walle”“fließe”“sich ergieße”という動詞、“reich”“voll”という形容詞、“Schwalle”“Bade”という名詞は、文字通り渾然一体となって、この豪勢な水の魔術を現出させている。そして、それはそのまま、この時を待ちに待っていた彼の心逸りを具体的に映し出す形象ともなっている。その点で、彼の魔術はまずは上々の滑り出しを見せたと言っていいだろう。

　しかしながら、われわれは彼がここで思い描いている「目当て」が、実は、この「張り溢れる奔流」が単に「プール」となるに過ぎないことを見逃すわけにはいかない。彼には確たる「目当て」があるどころか、日ごろ習い覚えたと自負する魔術を実際に試して、自らの腕前を誇示しようとする功名心しかないと思われるからである。溢れるほどの水量を貯蔵する「プール」とは、そういう彼の自負を象徴する容器に過ぎないのである。そのことはまた、彼の魔術の行き着く果てをも予測させる働きをしているようである。その点で、この一節における“Zwecke”“Schwalle”“Bade”という名詞の暗示するところは、われわれの予想以上に意味深長なものがあるように見える。

　これから先のことはともあれ、自らの魔術の技を実地に試して、その腕前を誇示したくてたまらぬ彼は、勢いにまかせて、今度は「古箒」を引っ張り出して、次のように指示する。

Und nun komm, du alter Besen!
Nimm die schlechten Lumpenhüllen!
Bist schon lange Knechte gewesen;

Nun erfülle meinen Willen!
Auf zwei Beinen stehe,
Oben sei ein Kopf,
Eile nun und gehe
Mit dem Wassertopf! (III, 15–22)

さて　ここでおまえの出番だ　古箒！
その襤褸切れを引っ被れ！
永の年月　先生にこき使われたおまえだが
これからは　おれの意のままに動くのだ！
二本の脚で立ち
頭は上にして
さあ　急いで駆け出せ
水がめ　小脇に抱え！

ここで呼び出される相手が「古箒」であるというのは、いささかわれわれの意表をつく趣向のようにも見えるが、それもこれも、この「襤褸切れを引っ被」った「古箒」こそ、「永の年月　先生にこき使われ」てきたという曰くがある以上、弟子の立場からして、今度はそれを自分の「意のまま」に駆使してみせなければ立つ瀬がないというのも自然の情である。第Ⅰ詩節に続いて、彼がここでも“meinen Willen”という語を発している一事を見ても、何としてでも師匠と肩を並べてみせずにはおかぬという心情は、痛いほどに見て取れる。

こうして、日ごろから習い覚えた師匠の技を寸分違わず再現させて、準備万端整えたこの弟子は、第Ⅱ詩節の呪文を第Ⅳ詩節で繰り返すことによって、いよいよ自らの魔術を具体的に始動させることになる。

魔術の展開

右に見たとおり、ここで呼び出された「古箒」の果すべき役回りとは、「小脇に抱え」た「水がめ」で、「プールになる」ほどの水を運んで来ることである。まさにこの弟子の「意のまま」にめまぐるしく動き回る「古箒」の精励振りを、作者は次のように軽快な筆致で描き出す。

Seht, er läuft zum Ufer nieder;
Wahrlich! ist schon an dem Flusse,
Und mit Blitzesschnelle wieder
Ist er hier mit raschem Gusse.
Schon zum zweiten Male!
Wie das Becken schwillt!

Wie sich jede Schale
Voll mit Wasser füllt! (V, 29–36)

ほれ見ろ　川辺まで一目散だ
ほんにまあ！　もう川岸だ
もうまた　電光石火で引返し
すばやく　ざあっとひと注ぎ
早くも二度目の早業だ！
大きな水槽は膨らみ放題！
鉢という鉢
お水ではちきれそう！

前述した韻律上の特徴は、とりわけこの場面に来て、この「古箒」の動きの軽快な躍動感を現出させるのに絶妙の効果を発揮している。その躍動振りを助長しているのが、寸分の緩みもない措辞の適切な斡旋である。中でも、“schon an dem Flusse”“mit Blitzesschnelle”“mit raschem Gusse”“schon zum zweiten Male”という副詞句は、この「古箒」のスピード感溢れる行動を生き生きと描き出して余すところがない。

この詩節三行目から四行目、七行目から八行目にかけてのアンジャンブマン（詩行のまたがり）も、まさに流れるような流動感を盛り上げるのに一役買っている。加えて、後半で三度繰り返される感嘆符には、この動きに拍手喝采を送って悦に入っているこの弟子の心踊りのみならず、それに調子を合わせてにんまりしながら、それを囃し立てている作者の顔まで思い浮ぶような趣がある。「プールになる」まで水汲みに精出すこの「古箒」のめざましい動き振りを見ていると、彼の魔術は万事順調に展開していきそうな感じであるが、果してどうだろうか?

変調

ここまで自らの「意のまま」に快調に飛ばしてきた弟子だが、次の第Ⅵ詩節に入ると、とたんに雲行きが怪しくなってくる。

Stehe! stehe!
Denn wir haben
Deiner Gaben
Vollgemessen! —
Ach, ich merk' es! Wehe! wehe!
Hab' ich doch das Wort vergessen! (VI, 37–42)

止まれ！　止まれ！

おまえの力のほどは
もうたんまりと
見て取った！　——
えい、これは困った！　大変だ！　一大事！
止めの呪文を忘れてた！

この弟子の狼狽ぶりは、絶叫にも似た冒頭の“Stehe! stehe!”という動詞の繰り返しを見れば一目瞭然である。これが第Ⅱ及び第Ⅳ詩節で繰り返されていた“Walle! walle!”と好一対を成すものであることは、改めて断るまでもない。ここに来て、あれほど威勢のよかったこの弟子の魔術の成り行きに、彼は自らストップをかけざるを得ないことに気づいた、というわけである。この詩節五行目の“Wehe! wehe!”という間投詞の繰り返しこそ、彼の危機感を何よりも雄弁に伝える効果を発揮している。ここに至れば、冒頭の詩節で「呪文に印の結び方　そのやり口は／とくと　ちょうだいしておいた」と豪語していた意気込みは、もはやその片鱗さえない感がある。それもこれも、彼が師匠の「呪文に印の結び方」を見習って、魔術を開始する術は身に付けたものの、適切な時期に、適切な方法でそれを収束させる術はないがしろにしていたことに起因する。最終行の一文は、この場に至って、この重大不可欠な一事に気づいた彼の認識と後悔を示すものである。

　その点で、この場面はこの詩一篇の基本テーマに関わる重要な転換点となっている。即ち、ブリュッガーも言うごとく[11]、これまでは八行部と六行部が厳然と区別され、前者はストーリーの展開、後者は呪文の場面を担っていたものが、この“Ach”という間投詞を契機として、そこに亀裂が生じ、以後の救い難い状況の混乱振りを際立たせることにつながっていくのである。

作者はこうして、あくまでこの弟子の一人芝居の流れに乗りながら、何食わぬ顔つきで、われわれをこの詩の主題へと導いてゆくのである。

主題の提示

前の詩節で「古箒」の暴走を止める手立てを知らずに慌てふためくこの弟子の言動を通じて、問題の所在を暗示した作者は、次節以下の詩句において、歯止めのきかなくなった魔術の凄まじさを、更に具象的に、生き生きと描き出してゆく。それは例えば次の如くである。

Ach, das Wort, worauf am Ende
Er das wird, was er gewesen.
Ach, er läuft und bringt behende!
Wärst du doch der alte Besen!
Immer neue Güsse
Bringt er schnell herein,
Ach! und hundert Flüsse
Stürzen auf mich ein. (VII, 43–50)

ああ　あの呪文　あやつを最後に
元の姿に戻すには　何と言ったっけ
こんちくしょう　あやつめ行ったり来たりの大忙しだ！
頼むから　元の箒に戻ってくれんか！
あとからあとから　水を汲み
ひっきりなしに運び込む
こりゃたまらん　百の流れが
おれに向って　押し寄せる

この弟子の狼狽振りは、悲嘆の意を表す間投詞“Ach”が三度繰り返されることから如実に見て取れるが、それもひとえに、彼がこの「古箒」を「最後に／元の姿」に戻すのに不可欠の「呪文」を「忘れてしまった」ことに起因する。その意味で、四二行目から四三行目にかけて繰り返される“Wort”という一語は、まさに千鈞の重みを持っている。この一語こそ、この詩一篇における作者の深い思いが込められたものと見えるからである。彼はここで、この弟子が肝心要のこの一語を知らぬばかりに、どんな悲惨が出来《しゅったい》しても、為すすべもなく立ち尽くすほかないことを暗示しているように思えるからである。

こうして作者は、この場面で、例えば、“immer neue Güsse”“hundert Flüsse”という複数名詞の重用によって、溢れる水量の凄まじさを具象的に描き出しながら、事の只ならぬ重大性を強調する一方で、なおも追及の手を休めず、非情なまでにこの弟子を戯画化してみせる。

そのことは、「これ以上は捨ておけぬ」「(あやつめ) ひっとらえてやる」「これは悪だくみだ！」「なんと憎たらしい顔つき！　いけ好かない目つき！」(第Ⅷ詩節)、「やい、この地獄の鬼っ子め！」「不埒な箒め」「元を正せばおまえはただの棒っきれ」(第Ⅸ詩節)、「それならおまえをひっつかまえ／身動きできぬようにしてやるぞ」「この老いぼれの木片め」(第Ⅹ詩節)という、悪罵の限りを尽すこの弟子の苛立ちようを見れば明らかである。つまり、彼がこうして「古箒」に対して悪態をつけばつくほど、逆にその分だけ、事態の容易ならざることは、ますます鮮明に浮き彫りになるというわけである。

事実、彼が「古箒」に八つ当たりするほかに講ずる手立てを知らないでいる間にも、「水の流れはどっどと流れ込ん」で、「敷居という敷居を超」え、「頼むからもう一度静かになってくれ」という彼の必死の願いにも「聴く耳持たぬ」といわんばかりに、「家中を水浸しにする」ほどの勢いで押し寄せて来る(第Ⅸ詩節)。こうなれば、彼に残された手段はただ一つ、「この切れ味鋭い手斧で真っ二つに叩き割る」以外になくなるのも自然の勢いである(第Ⅹ詩節)。

このように、第Ⅷ詩節から第Ⅹ詩節において、簡潔明快な措辞を思うままに駆使して、躍動感と緊張感に溢れる場面を現出してみせた作者は、われわれを今後の展開へと導いていく。

事態の悪化

絶体絶命の危機に陥ったこの弟子は、残された窮余の一策として、この「古箒」を「真っ二つに叩き割る」ことで何とか事態を収束させようと図るが、事は彼の思惑通りには運ばず、一層深刻な状況を招来してしまうことになる。その次第を描くのが次の二詩節である。

Seht, da kommt er schleppend wieder!
Wie ich mich nun auf dich werfe,
Gleich, o Kobold, liegst du nieder;
Krachend trifft die glatte Schärfe!
Wahrlich, brav getroffen!
Seht, er ist entzwei!
Und nun kann ich hoffen,
Und ich atme frei!

Wehe! wehe!
Beide Teile
Stehn in Eile
Schon als Knechte
Völlig fertig in die Höhe!
Helft mir, ach! Ihr hohen Mächte! (XI, 71–XII, 84)

ほれまた　奴め　引きずって来やがる！
こうなりゃ　ずどんと体当たりをくれてやる
おい小僧　たちまちおまえは仰向けだ

磨き上げたるこの刃　一発ばしんとお見舞いしよう！
どうだ　見事に命中だ！
ほら見ろ　奴は真っ二つ！
これでようやく　一安心
ほっと一息つけられる！

これは大変！　一大事！
割れた二つが
あっと言う間に立ち上がり
元と変らぬ下男になって
早くも仕事に精出す構え！
ああ　お助けを！　天地万物の神様がた！

右に見る通り、ここには「古箒」の暴走に怒り心頭に達したこの弟子の心の動揺振りが、鮮やかに活写されている。事ここに至って、彼は文字通り自ら「ずどんと体当たりをくれて」、この「古箒」の動きを制止し、「磨き上げたるこの刃」で「真っ二つ」に叩き割るほかには術がなくなるのである。それによって、「ほっと一息つけられる」と思ったのも束の間、相手は「あっと言う間に立ち上がり」、今度は二人がかりで水汲みに「精出す構え」を見せたとあっては、彼が「天地万物の神様がた」に「お助け」

を乞うのも、詮無き仕儀と言うべきだろう。その点で、この第Ⅶ詩節冒頭の“Wehe! wehe!”という悲嘆にも似た絶叫の連呼は、この場における彼の心中を伝えて余すところがない。

　しかるに、そういう彼の心中を知ってか知らずか、二体になった「古箒」の精励振りは、これまでに倍増す勢いで「駆けずり回」り、その分だけ水量も増して、いまや「広間も階段も次から次に水浸し」にして、「そら恐ろしい大洪水」となってしまう（XIII, 85–87）。こうして万策尽きたこの期に及んで、彼はようやく自分の師匠のことを思い出し、必死の懇願をすることになるのである。

師匠の登場

この詩の冒頭から一貫して一人芝居を演じてきたこの弟子の長広舌は、次のような詩句によって締めくくられる。

Herr und Meister! hör’ mich rufen! —
Ach, da kommt der Meister!
Herr, die Not ist groß!
Die ich rief, die Geister,
Werd’ ich nun nicht los.（XIII, 88–92）

お師匠様　大先生！　わたしの叫びが聞こえませんか！——
やれうれし　大先生がお戻りだ！
お師匠様　困り果てております！
わたしの呼び出した霊どもが
どうにも消えてくれませぬ

ここには、この詩の冒頭の大言壮語とは裏腹の、万事休したこの弟子の「困り果て」た心情が、その顔つきまで見えるようなリアルな筆致で描き尽されている。そういう彼の心情は、かつて自らの師匠を“Der alte Hexenmeister”と呼んだ思い上がりも忘れたかのように、“Herr”と“Meister”という、彼にとって最大級の敬称をそれぞれ二度ずつ使っている一事からだけでも十二分に読み取れる。つまり、自らの「呼び出した霊ども」の始末をつけられず、途方にくれるこの弟子の姿を容赦なくさらけださせた上で、彼の絶叫を呼び水にして、作者は最後の土壇場になってようやく、師匠の姿を舞台の上に呼び出すのである。それが、劇的効果を最大限に発現させようという、作者の用意周到な演出に基づくものであることは言うまでもない。

ともあれ、この最後の大詰めに至って登場した師匠は、作法に従ってこの「古箒」の跳梁を鎮める呪文を唱えてみせる。

"In die Ecke,
Besen! Besen!
Seid's gewesen!
Denn als Geister
Ruft euch nur zu seinem Zwecke
Erst hervor der alte Meister." (XIV, 93–98)

「隅に退け
箒よ！　箒！
それぞ　汝らの本性！
霊として　汝らを
この世に呼び出すは
練達の師が　その用に供する時のみなれば」

この呪文の眼目が、「箒」としての「本性」に戻すことにあるのは明らかだろう。そのことが、生半可な魔術の知識をひけらかそうとする弟子に対する重大な警告ともなっていることについても、改めて多言を要しない。その点で、「霊として　汝らを／この世に呼び出すは／練達の師が　その用に供する時のみなれば」という結びの詩句には、万鈞の重みがある。本章の冒頭にも触れた通り、これは図らずも、科学、技術の歯止めのない暴走に対する重大な警鐘を含んでいるとも読み取れるからである。

それというのも、植物学や鉱物学、解剖学や光学など、年少の頃より自然の神秘に対するひとかたならぬ興味と関心を寄せていたゲーテにとって、「自然への畏敬」と「人間の限界」についての認識も人一倍強かったことは、すでに周知の通りだからである。彼があの『ファウスト』で人造人間ホムンクルスを造り出し、その悲惨な結末を描き出してみせたことも思い出されるところである。これに関連してブリュッガーは、「かつて見出した魔法使いの弟子という形象の持つ重要性がいかに深く及んでいるかについては、後年のゲーテ自身の言及が示している」として数々の例証を挙げているが、[12] この一事は、作者自身、始めることを知って、収めることを知らないことの滑稽さと危険さを痛感していたことを示すものと思われる。

しかしながら、ゲーテはこの作品においても、あくまでもバラード作者としての姿勢を崩さず、教訓めいた言説は一言も発しないまま、終始「叙事詩と抒情詩の混合形態」である物語詩の特性を生かして、「物語るというよりも暗示し」ながら、[13] その中で悠然と遊び、自らの空想力を楽しみつつ、現代にも通じる普遍的な問題を現出しているのである。

即ち、彼はこの詩においても、「自らの学識は秘めたままで、示唆に富む一連の成り行きを、終始一貫して平易な具象性のうちに語って余すところがない」という「完成された技巧」の冴えを実証して見せたのである。[14]「この詩がシラーの最高の賞賛を得た」のも、まさに「偶然ではない」と言ってよいだろう。[15] われわれはそれを、彼の詩作の永遠に色褪せぬ現代性と呼びたいと思うのである。

註

(1) Trunz, Erich: In: GW. Bd. I. S. 624.
(2) Viëtor, Karl: Goethe. Dichtung. Wissenschaft. Weltbild. A. Francke AG. Verlag Bern 1949. S. 158.
(3) 万足卓：『魔法使いの弟子』三修社、東京、一九八二、一四九頁参照。
(4) Kommerell, Max: Gedanken über Gedichte. Vittorio Klostermann. Frankfurt am Main 1943. S. 382.
(5) Staiger, Emil: Goethe. Bd. II. 1786-1814. Atlantis Verlag MCMLVI. Dritte, unveränderte Auflage 1962. S. 306.
(6) Brügger, Lilo: Der Zauberlehrling und seine griechische Quelle. Eine vergleichende Interpretation. In: Goethe. Neue Folge des Jahrbuchs der Goethe-Gesellschaft. 13. Bd. 1951. Hermann Böhlaus Nachf. Weimar 1952. S. 246.
(7) GW. Bd. IX. Aus meinem Leben. Dichtung und Wahrheit. S. 126.
(8) Vgl. Brügger: S. 243. Trevelyan, Humphry: Goethe und die Griechen.Eine Monographie. Marion von Schröder Verlag Hamburg 1941. S. 36.
(9) Brügger: S. 254.
(10) a.a.O., S. 253.
(11) a.a.O., S. 254.
(12) a.a.O., S. 256.
(13) Heinemann, Karl: Goethe. fünfte, verbesserte Auflage. 2. Bd. Alfred Kröner Verlag in Stuttgart 1922. S. 130.

(14) Kommerell: S. 383.
(15) Heinemann: S. 132.

シラーの幸福論――『ポリュクラテスの指輪』

いわゆる「バラードの年」と称される一七九七年に作られ、翌年の『詩神年鑑』に発表されたシラーの一連のバラードの中で、その嚆矢となるのが『ポリュクラテスの指輪』である。その素材は、もともとヘロドトス（前四八四頃―前四二八頃）の『歴史』に由来するが、シラーが直接利用したのは、ヨハン・フリードリヒ・デーゲンによる『ヘロドトスの歴史』というドイツ語訳である。彼はその第二巻に収められているポリュクラテスとアマジスに関する話を、一七九七年五月にクリスティアン・ガルヴから献呈された『道徳、文学及び社会生活から生ずる種々の対象に関する試論』という著作を通じて知るに至った(1)。

そこに記述されている話題の中で、とりわけシラーの関心を惹いたのは、「常ならぬほどの幸福は不幸の前兆である」という、古くから確固として信じられている考えをめぐっての、サモス島（エーゲ海南東部にあるギリシア領の島…筆者注）の専制君主ポリュクラテスと、その古くからの客人であるエジプト国王アマジスとのやりとりであった。その概略は以下の通りである。

全ての面で幸福の絶頂にあったポリュクラテスへの手紙の中で、アマジスは「妬み深いデーモンを宥めるために、最も貴重な装身具を自発的に手放す」ように忠告するが、いったんはその忠告に従った相手が、偶然とは言いながら、再びそれを手にしたことを知り、年来の交友を取り消すに至る。

シラーはこの逸話をバラードに仕立て、一七九七年六月二六日に「これはあなたの『鶴』と対を成すものです」というメッセージを添えて、ゲーテに送った[2]（ここに触れられている『鶴』とは、『イビュクスの鶴』のことであるが、この素材はもともとゲーテが翻案しようと思っていたが実現せず、結局は、シラー自身が同名のタイトルの下にバラード作品として完成させるに至ったものである…筆者注）。

これを受けたゲーテは早速、手放しの賛辞を書き送った。曰く、「『ポリュクラテスの指輪』は大変見事な出来栄えになっています。まるで聴衆の眼前で起るような感じで、全ての出来事が当事者である国王の目の前で生起するように描き出されていることといい、約束の実現が未確定のままにされている結末のつけかたといい、全てが見事です」「ここに再びご返送します『指輪』は、繰り返し読むたびに非常にすぐれたものであることが分ります。それどころか、鑑賞するに値する詩ならどれでもそうであるように、それは否応なく、われわれが最初に聞いたり読んだりしただけでは、にわかにはその気になれないような気分に引きずり込むことによって、ますます優れたものになります[3]」。ここには確かに、「シラーのバラード詩作における技巧と成果を、ゲーテほど正当に認め、高く評価し、熱烈に擁護した者はない[4]」とされる、ゲーテの友人に対する支援と理解が如実に見て取れよう。

これに対して、フンボルトとケルナーの見方は、批判的なニュアンスの濃いものであった。例えば、「ドイツの精神史の中で最も好感が持て、最も賞賛に値する人物の一人」とされ、「美的教育の本質、とりわけ、古典的ギリシア主義についてのシラーの考え方を、生きた実例によって確証し、補完し、深化させた(5)」とも言われるフンボルトは、「わたしの非常に好んでいる『ポリュクラテス』に関しては、もともと何ら非難すべきものはありません。ただ、あの時は口頭で言っただけですが、わたしは今なお、こういう印象を持っています。つまり、この作品は、わたしに言わせれば、単なる作り物という要素が強過ぎて、必ずしも十分に一定の効果を狙ったものとはなっていないため、その効果が微弱過ぎ、ファンタジーの周辺をいたって気楽に戯れ動くだけで、ハートは冷え切ったまま、精神は関わり合わずじまいになっています。わたしがこの作品に感じる欠陥は、つまるところ、その内容に存しています(6)」と言って、的確に問題点を指摘している。

一方、シラーより「三歳年長で、資質及び教養の面からもシラーの精神的発展を決定的かつ強力に促進するために生まれついた(7)」と言われ、一時期は毎日のように交わりを持っていたケルナーも、この作品と『イビュクスの鶴』を同列に置いて、両者とも「全体が無味乾燥」であり、「全体のまとまりが抽象的な概念に止まっている」と批判している。彼によれば、「物語的な詩においては、具象性のないものが優位を示すことは許されず、バラードの本来の素材は、話の筋の中に内在する高度に人間的な本性」のはずであり、「人間的な出来事の内に見られる熱狂的なものの意味が解き明かされて、いわば詩的な記念碑の中に永遠化される」というのである。つまり、この両作品には、「最も強烈な照明」が当てられるべき「人間的な中心人物」が欠如していて、そのために、「全体の効果が弱められ」ているというわけである。[8] 彼の不満は、要するに、「運命が詩の主人公となることはありえず、例えばプロメティウスのように、運命と戦う人間が主役となる」べきであり、「そういう戦いがその中心人物に超人的な偉大さを賦与する」はずであるにも関わらず、ここではその関係が逆転している点にある。[9]

これらの知友たちの評は、いずれも「思想詩人」としてのシラーの詩作に見られる一種の観念性を鋭く指摘している点で、見過しに出来ない真実を含んでいるように思われる。そのことは、作者自身も自覚するところであり、事実、彼は例えばケルナーに宛てた書簡において、「貴兄がこのバラード(『イビュクスの鶴』のこと…引用者注)及び『ポリュクラテス』に感じ取っておられる無味乾燥さは、多分、そこで扱われている対象と殆ど切り離して考えることは出来ないのかもしれません。そこに登場する人物たちは、単に理念のためにそこに存在しており、個別的存在としては、その理念に従属しているからです。そもそも、このような素材を基にしてバラードを作り上げることが許されるどうか、疑問でした。というのも、超感覚的なものの効果が失われてはいけないとすれば、かれらはより偉大な生に耐えるのは困難になるかもしれないからです」と告白している。[10]

ついでに言えば、ゲーテはこのような見方を、バラードという概念をあまりにも狭く解釈しているとして斥け、自分は「この作品で取り上げられているような理念の描写を、単にポエジーの上辺を飾るだけの見せかけとはみなさない」と断言し、「このような詩作品と、抽象的な思想を象徴している作品とを混同したいとは思わない」と言って、ケルナーの批判的見解に激しく反発しているということだが、[11] 但し、この一七九八年四月二十七日付とされるケルナー宛ゲーテの書簡は、筆者が当った限りのゲーテ書簡集に見当らず、未確認のままであることを断っておきたい。

いずれにしても、右に概観した通り、この作品は発表の当初から、それぞれの立場に応じて、その評価が必ずしも一定していなかったのは事実のようであるが、われわれとしては、このような議論も念頭に置きながら、ひとまずテキストの実際に即して、この作品における主題と人物造形の問題を中心にして、この作品の文学的意義を考えてみることにしたい。

主客の対話の開始

前述したように、このバラードはサモス島の専制君主ポリュクラテスとエジプトの国王アマジスとの対話を軸に展開されるが、この両者は共に、その名前が詩中で言及されることがないため、成立の事情を知らない読者には、その人間関係がにわかには読み取れないという難がある。この詩が「抽象的、無味乾燥」と評される一因は、こういう点にもあると言えるかもしれないが、ともあれ、各節六行の一六詩節、合計九六行から成り、全体は第Ⅰ詩節から第Ⅻ詩節までの過半を占める第一部と、残りの三詩節という甚だアンバランスな二部構成になっていて、しかも、この長い前半部は単なる導入部を意味するに過ぎないという(12)、いささか特異な構造を持つこの詩は、主客二人による次のような対話によって幕を開ける。

Er stand auf seines Daches Zinnen,
Er schaute mit vergnügten Sinnen
Auf das beherrschte Samos hin.

Dieß alles ist mir unterthänig,
Begann er zu Egyptens König,
Gestehe daß ich glücklich bin.

Du hast der Götter Gunst erfahren!
Die vormals deines Gleichen waren,
Sie zwingt jetzt deines Scepters Macht.
Doch einer lebt noch, sie zu rächen,
Dich kann mein Mund nicht glücklich sprechen,
So lang des Feindes Auge wacht. (I, 1–II, 12)

　彼は居城の屋根の鋸壁に立ち
満ち足りた思いを秘めて
手中にあるサモスの島に眺め入り
「この島はことごとくわが配下にある」と
口を開き　エジプトの国王に向って言った
「わたしが幸福の極みにあることを認めたまえ」

「あなたは確かに神々の愛顧を受けられた

かつてはあなたと肩を並べていた者たちも
いまやあなたの王笏の威力にひれ伏している
だが一人だけはまだ健在で　復讐の牙を研いでいる
その敵の眼が光っている限り
この口からあなたを幸運児とは呼びかねる」

これを見ただけでも、この詩の主題が「幸福」であることは明らかである。即ち、主人役のポリュクラテスが「満ち足りた思い」を満面に浮べ、その「手中にあるサモスの島に眺め入り」ながら、それが自らの「配下にある」ことを以って、己の権勢を誇示し、自分の「幸福」の根拠としているのに対し、客分の「エジプトの国王」は、「復讐の牙を研いで」機をうかがっている「敵の眼が光っている限り」は、安易には「幸福」という言葉は口に出来ないと応じているからである。この場面が、この詩と同じ時期に書き進められていた『鐘の歌』(Das Lied von der Glocke) の次の一節と共通しているのは、フィーホフも指摘する通りである[13]。

Und der Vater mit frohem Blick
Von des Hauses weitschauendem Giebel
Ueberzählet sein blühend Glück, (133ff.)

そして父は晴れやかなまなざしで
広々と見渡せる家居の破風から
花と咲くわが身の幸を数え上げる

Doch mit des Geschickes Mächten
Ist kein ew'ger Bund zu flechten,
Und das Unglück schreitet schnell.（144ff.）

だが運命の威力とは
永久《とわ》の契りは結ばれぬ
そして不運は急ぎ足で近づき来る

いずれにしても、シラーが、いささかならず手垢のついた観もあるこの「幸福」というテーマに、思いのほかに強い関心を抱いていたことは、この詩よりやや後の一七九九年に、その名もずばり『幸福』と題するエレギーを物していることからも察せられるが、そのことは、このバラードにおける用語の面からも、実証されるだろう。それは例えば、右に引いた場面で主客それぞれの口から「幸福」という語が一度ずつ発せられているほかにも、第Ⅳ詩節で一回、第Ⅴ詩節で二回、第Ⅶ、第Ⅹ、第Ⅺ、第ⅩⅢ、第ⅩⅤの各詩節でそれぞれ一回、更には、その否定形"Unglück"が第ⅩⅡ詩節で一回という具合に、同じ語が繰り返し用いられていることからも一目瞭然である。

しかも、この「幸福」が、主人公の内面性、人格性から発するものではなく、権謀術数の渦巻く、過酷な覇権争いの中から、つかの間手に入れられた「この島の黄金時代[14]」を背景にして言われたものに過ぎないところに、その危うさは隠しようもない。その点で、「国王」の言う「王笏の威力」という一語は、極めて暗示的である。そのことを十二分に自覚しているからこそ、ポリュクラテス自身も相手に、自らの「幸福」を「認めたまえ」と要請、というよりも強要をするのである。

なお、この詩は一部（I, 5）を除いて各行四ヘーブングのヤンブス、a—a—b—c—c—bという押韻形式で一貫しているが、その一貫性が韻律上の安定をもたらすのに寄与している一方で、登場人物の言動を類型化し、抽象化していることも否定できないように思われる。例えば、冒頭の第I詩節に限っても、前述もした通り、三度にわたって言及されるこの主人公は、ひたすら“er”という三人称単数男性を示す人称代名詞によって言い表されるだけで、テキストの上からは、それが誰を指して言われたものであるかについて、「微弱な個性化[15]」のために、にわかには特定できないようになっている。われわれはそれを標題、及び成立史を参照して推定するほかないのである。そのことは、「エジプトの国王」と称される人物に関しても同様である。

ともあれ、ここで早くも主客二人の対話という形を通して、この詩一篇に関わる主題が提示されたことによって、この物語詩は導入部から核心部へと展開していく。

物語の始動

このエジプトの「国王がまだ語り終えぬうち」（III, 13）に、小アジアを流れるメアンダー河の河畔に位置する都市ミレトから派遣されてきた一人の伝令が登場することによって、この物語詩は実質的に動き始めるのであるが、その伝令がもたらした情報とは、次のようなものであった。

Laß, Herr, des Opfers Düfte steigen,
Und mit des Lorbeers muntern Zweigen
Bekränze dir dein festlich Haar.

Getroffen sank dein Feind vom Speere,
Mich sendet mit der frohen Mähre
Dein treuer Feldherr Polydor—(III, 16–IV, 21)

殿　犠牲の香煙を上げさせ給え
そして　生きのいい月桂樹の小枝を
花環に編んで　御髪を華やかに飾り給え

殿の宿敵は槍を受けて倒れました

このめでたき便りを持たせてわたしを遣わしたのは
殿の忠実なる指揮官ポリュドールです——

ここで使者の口を通して明らかにされるのは、要するに、ポリュクラテスにとっての「宿敵」が打ち果されたという、待望の「めでたき便り」である。この箇所は、「ポリュクラテスには二人の兄弟があり、彼は当初はこの二人と支配権を分ち合っていたが、その後、一人を殺害し、もう一人を追放した」という、ヘロドトスの記述に基づいているもののようであるが[16]、その間の事情については、テキスト自体は何も明らかにしていないため、われわれとしてはただ、「生きのいい月桂樹の小枝を／花環に編んで御髪を華やかに飾り給え」という使者の口を通して、この「宿敵」の打倒がポリュクラテスにとって年来の宿願であったことを推し測るのみである。そのことは、右の口上に続く地の文で、この使者が「黒塗りの手桶から／まだ血の滴る　よく見知った首頭を取り出す」（IV, 22ff.）という一文によって決定的なものになる。この陰惨なまでの戦果が、ポリュクラテスとエジプトの国王の双方にとっても予想外のことであったのは、「両者ながらに戦慄した」（IV, 23）という一句から明らかである。そしてそのことが、この城に滞在している「国王」の憂慮の念を誘発させる運びとなる。この一連のドラマティックな進行は、劇作家シラーの本領発揮と言ってよいだろう。いずれにしても、これが契機となって発せられる「国王」の言によって、この詩は徐々に山場へ近づいていくのである。

エジプト国王の役割

第Ⅴ詩節から最終の第ⅩⅥ詩節に至るまでのストーリーの展開は、途中で幾つかの中断はあるものの、専らこの「国王」の長広舌によって進行する。その点から見ても、彼は作者の代弁者としての役割を担わされていることは明らかであり、この詩一篇の実質的な主役、あるいは狂言回しを演じていると言ってもよいだろう。

ところで、「恐怖で後ずさり」し、「憂わしげな面持ち」を隠せずに繰り返される彼の主張とは、要するに、「まだ血の滴る」宿敵の首を打ち落すことによって得られた「幸福を信ずることを厳に警める」という一事に尽きる。互いの人間的信頼に依らない「不実の波に乗って」得られた、そういう「胡散臭い幸福」は、早晩、時勢の「嵐によって粉々にさ」れ、水の上に浮かぶ泡沫《うたかた》の如く「おぼろになる」ことは必定だから、というわけである。この第Ⅴ詩節で二度にわたって発せられる「幸福」（Glück）という語が、決して肯定的な意味で使われてはいないことは、その前後に多用されている「恐怖で」（mit Grauen）、「憂わしげな面持ちで」（mit besorgtem Blick）、「不実の波に乗って」（auf ungetreuen Wellen）、「胡散臭い」（zweifelnd）という一連の否定的な語句からも明らかである。「粉々になる」（zerschellen）、「おぼろになる」（schwimmen）という動詞の重用は、その「幸福」の移ろい易さ、頼み難さを端的に印象付ける働きをしているものと思われる（以上、V, 25–30）。

しかるに、彼のこの重い主題提示も、戦勝の熱狂から来る「歓呼の声」にあえなく掻き消されてしまう。因みに、この「国王」の発言は、この場面以外にも、先ほどの第Ⅲ詩節一三行目、それから第Ⅷ詩節四三行目という具合に、都合三度にわたって中断されるが、このことは自ずから、彼の冷静、あるいは道義的な幸福論が、ややもすると時流の狂乱の前では無力であるという事実を示すものであると解してよいだろう。言い換えれば、作者はこれによって、普遍的あるいは理念的な建前論も、目前の現実的な潮流の前では為すすべもないことを暗示しているように思われる。

ともかく、作者はこのようにして「国王」の発言の直後に、これとは対照的な、活気溢れるポリュクラテスの軍勢の場面を配置して、いわば「冷静」と「熱狂」の対比を演出してみせるのである。これがシラー流の計算されたドラマトゥルギーの一端を示すものであることは言うまでもない。即ち、「シラーの劇作家としての感覚は、動きの激しい人間集団、大衆を導入することの中に表れており、その大衆の魂の中であらゆる事象、情緒体験が印象を強化する反響を見出す(17)」ところにあるとされるが、この場面もその典型的な例の一つと言ってよいだろう。

さて、その軍勢の様子は次のように活写される。

Und eh' er noch das Wort gesprochen,
Hat ihn der Jubel unterbrochen,
Der von der Rhede jauchzend schallt.
Mit fremden Schätzen reich beladen,
Kehrt zu den heimischen Gestaden
Der Schiffe mastenreicher Wald. (VI, 31–36)

エジプト王が言葉を継ぐ間もあらばこそ
その声は　沖合いから響き渡る
歓呼の声に掻き消された
異国の財宝をしこたま積み込み
はちきれる帆柱を林立させて
味方の船は凱旋してくる

この詩節に見られる躍動感は何よりも、“Jubel”“jauchzend”という、文字通り歓喜の意を示す語句を畳み掛けていること、及び、それを助長する“reich”という形容詞が繰り返されていることに由来する。弱音から始まり強音へ移るヤンブスの韻律も、うねり高まるようなこの場の高揚感を盛り上げるのに一役買っている。更には、湧き立つ「歓呼」という聴覚効果と、とりどりの「財宝」を積み込み、真っ白な「帆柱」が「林立」しているという視覚効果の絶妙な取り合わせは、一場の光景をいやがうえにも鮮烈に印象づけている。まさに順風満帆のこの戦勝風景は、劇的変化という面からも不可欠な場面であると言ってよいだろう。それというのも、直前の詩節における「国王」の発言が、重苦しさに終始していただけに、この「暗」から「明」への場面転換によって、重く澱み勝ちであった物語の展開がひときわ鮮やかに、生彩を帯びたものになってくると思われるからである。天性の劇作家シラーの面目躍如と言うべきだろう。

ところで、このエジプトの「国王」は、このような戦勝風景を目の当りにしてもなお、日ごろからの持説を曲げようとはしない。彼は「あなたの幸福は　今日のところ上首尾とお見受けします／でも　その頼り難さをお忘れなきように／不敗のクレタの軍勢が／いつ戦を仕掛けてくるやもしれませぬ／こうしている間にも　この浜辺に押し寄せてまいりましょう」（VII, 38–42）と言って、警戒を怠らぬよう重ねて忠告するのである。

　しかるに、またもや「この警告の言葉を言い終らぬうち」に、彼の発言は「船上から湧き起こ」る「千の声」によって遮られてしまう。それは、「勝利だ！／われらは敵の災いから解放された／クレタの軍勢は折からの嵐で散り散りになった／過ぎ去った　終ったのだ　戦いは」という兵士たちの叫び声であった（VIII, 43–48）。これを見ては、さすがの慎重居士の「国王」も、「なるほど　これを見てはわたしもあなたの幸福を素直に認めるほかありません」（IX, 50）と言って、いったんは現実の動静を容認する姿勢を見せるが、それが本心からのものでないことは、以下四詩節にわたる彼の長広舌から一目瞭然である。そして、実は、これがこの詩一篇に関わる問題の核心になっているのである。

問題の核心へ

　さて、動かし難いポリュクラテス側の勝利を自らも確認した上でなお、「国王」は年来の信条を変えず、次のように言う。

Mir grauet vor der Götter Neide,
Des Lebens ungemischte Freude

Ward keinem Irdischen zu Theil.（IX, 52–54）

わたしは神々の妬みが怖くてなりません
混じりけのない生の歓びが
俗世の者に分ち与えられたことはないからです

この一節はまさに、神々の妬みという古代的思想に基づいて、「幸福に酔い痴れる国王（＝ポリュクラテス…筆者注）に対する、あらゆる現世的なものの移ろい易さと、それ故に、中庸を守ることへの勧告[18]」が集約された形で表明されているように見えるが、中でもわれわれの目を惹くのは、「神々の妬み」という語句である。この「神々」も「妬み」を抱くという発想は、ヘロドトスにおいて特に顕著に認められるもののようであり、その誘因となるのは、人間の身としての法外な幸福と尋常ならざる富貴であるという。[19] 即ち、古代のギリシア的発想によれば、そのような常ならぬ栄華に恵まれた人間は、神々の不興を買う羽目になるのであり、中庸こそが人間の分に適った最上の徳ということである。そのことは、逆に言えば、神々も種々の点で宿命の意のままに翻弄される限りにおいて、欠陥を含んだ存在とみなされていることを意味する。「妬み」以外にも、こうしたもろもろの人間的欠陥が神々の属性でもあると見るギリシア神話的な人格化については、無論、シラー自身もよく知るところであった。

そのことは、例えば、彼自身、その名も『ギリシアの神々』という、よく知られた哲学詩の中で、「人間たちと神々と英雄たちの間を／ひとつの美しいきずなで結び付けたのはアモルのはたらきだ」（V,

37f.）と歌い、「神々が今よりずっと人間的であった頃／人間はもっと神々に近かった」（XXIV, 191f.）と歌っていることからも見て取れる。ここには、「神々」と「人間」と「自然」の調和した三位一体的古代ギリシアを人類の理想郷、黄金時代と見たヘルダーリンの世界観を先取りしたシラーの壮大な歴史観も垣間見られて興味深いが、それはともかく、この詩節における「国王」の発言も、一面では、神々と人間とを殆ど同一線上の存在と捉える古代ギリシア的世界観を反映したものと言ってよいだろう。

但し、その半面で、彼が「俗世の者」という語によって、右の「神々」とは明確に一線を画し、そういう地上的存在としての人間には「混じりけのない生の歓び」が「分ち与えられたことはない」と断言していることも確かである。一方で「神々」と「俗世の者」との親近性を暗示しながら、その一方で両者の別を露わにしていることは、一見、論理の矛盾であることは言うまでもない。この互いに相反する発想を、われわれはどのように考えればよいのだろうか？

それについて結論を急ぐ前に、われわれはここでは先ず、このエジプトの「国王」の悲観論、あるいは自重論の由って来たる所以を確認しておかなければならないだろう。それが彼の単なる観念の遊戯から来たものでないことは、次節の詩句によって明らかとなる。

それによると、彼自身、その治世において「万事が首尾よく行」き、常に「天の恩恵につきまとわれていた」が、「かけがえのない後継ぎ」が「神の手によって奪われ　その死を目にする」という不運に見舞われて、結局、「わが身の代価を支払う羽目になった」というのである（X, 55–60）。この告白の前半部は、アマジスは四十四年間の治世中、さしたる不運にも遭わず、その下でエジプトは空前の繁栄を謳歌した、というヘロドトスの記述に基づいているが、後半部の後継者の死という件はシラーの創作によるもののようである。[20] これによって彼がこの「国王」の厭世観にリアリティを与えようとしたものであることは、容易に推察されるところである。

いずれにしても、自らの痛切な体験を未だに忘れ得ない「国王」は、更に言葉を継いで自説を展開する。

Drum, willst du dich vor Leid bewahren,
So flehe zu den Unsichtbaren,
Daß sie zum Glück den Schmerz verleihn,
Noch keinen sah ich frölich enden,
Auf den mit immer vollen Händen
Die Götter ihre Gaben streun.（XI, 61–66）

それゆえ　苦難から身を守ろうと思うなら
目に見えぬものたちに祈りを捧げ
この幸福に水をさす痛みを与えてもらうようになさるがよい
いつも両手に溢れる幸の種を
神々からばら撒かれて
栄華のうちに生を全うした者を見たことはありません

Und wenn's die Götter nicht gewähren,
So acht' auf eines Freundes Lehren,
Und rufe selbst das Unglück her,
Und was von allen deinen Schätzen
Dein Herz am höchsten mag ergötzen,
Das nimm und wirf's in dieses Meer. (XII, 67–72)

それでもし　神々がそれを嘉納し給わぬなら
そのときは　心友の教えに意を用い
みずから　不幸を呼び寄せることです
つまり　お手持ちの財宝の中で
ひときわお気に召しているものを
選り出して　それをこの海中に投げ捨てるのです

この二詩節で繰り返し強調されていることは、要するに、「(目に見えぬ) 神々」は人間の過度の「幸福」を喜ばない、という一事に尽きる。そのことは、「いつも両手に溢れる幸の種を／神々からばら撒かれて／栄華のうちに生を全うした者を見たことはありません」という一文に集約されている。そういう「神々」の不興を少しでも和らげる唯一の手段が、「みずから　不幸を呼び寄せ」て、数ある「財宝」の中から最も貴重な物を「選り出し」た上で、それを「この海中に投げ捨てる」ことだというわけである。こうして、第IX詩節五二行目の「神々の妬み」という語から始まって、延々二一行にわたって、漸層的に相手の恐怖感を高めてゆくこのエジプト「国王」の受難礼賛とも言うべき長広舌は、案の定、それを耳にする者に絶大の心理的効果を及ぼしてゆく。彼の弁舌がそれほどの説得力を持つのも、ひとえに、「かけがえのない跡継ぎ」の「死」を看取り、「幸福の代償を支払った」という彼の体験に裏打ちされているからである。それが伏線になっているからこそ、ポリュクラテスも次第次第に「恐怖の念にかられ」(XIII, 73)ていくのである。このような劇的効果によって、この「幸福」をめぐる物語詩もいよいよ終盤の盛り上がりを見せることになる。

ポリュクラテスの動揺

前節で見た通り、長々と続く「国王」の脅迫的とも言うべき言辞に為す術もなく動転し、「恐怖の念にかられ」たポリュクラテスは、「この島に所蔵される万物のうち/この指輪こそわが至宝/エリーニュスたちがわが幸福を許してくれるか否か/試しにこれを捧げることにしよう」と言って、いともあっさりと、「その高価な宝石を海の潮の中に投げ込ん」でしまう(XIII, 73–78)。ところで、前述もした通り、標題から見て当然この詩の主人公と目される彼の肉声が響くのは、全九六行にわたるこの詩全体を通して、わずかに冒頭の第I詩節から遥かに隔たったこの詩節だけである。エジプトの「国王」のそれとの顕著な対照を見ただけでも、この詩における両者の存在感の違いは一目瞭然である。その点からしても、この詩におけるポリュクラテスが、その人格性を殆ど無視されて、単に「幸福」の具体的表象としての「指輪」の所持者としての存在意義しか持たされていないことは確かである。このように極めて希薄な存在として位置づけられている彼が、いとも簡単に「恐怖の念にかられる」のもむべなるかなである。

なお、ここで言及されている「エリーニュスたち」について付言すれば、これは本来、ギリシア神話において「処罰あるいは復讐の女神たち」と目されているものであるが、作者はここでは「中庸を司る女神たち」の意で用いているようである。(21) とは即ち、過度な「幸福」と、挽回不可能な「不幸」のいずれにも傾かず、そのバランスを取る存在がこの「エリーニュスたち」というわけである。それが暗黙の前提となって、その意を迎えようという一念から、ポリュクラテスは「至宝」の「指輪」を海中に投ずるのである。これが自らの自発的な意思によるものではなく、直前の第XII詩節におけるエジプト「国王」の発言に応じたものであることは、改めて断るまでもない。

こうして、客人であるはずのエジプト「国王」の意に応じて、自らの安心立命、即ち、彼なりの「幸福」を確保したかに見えるポリュクラテスだが、物語はこのままハッピー・エンドとはならず、作者は最後の波乱を用意して劇的興趣を高めようとする。

最後の波乱

自らの「不幸」の種を事前に摘み取って一安心と思ったのも束の間、ポリュクラテスの前には予想外の事態が展開する。つまり、前述した通り、全体がアンバランスな二部構成になっているこのバラードは、この「第XIV詩節と共に場面が急変」し、「再び戯曲的手法に従って、描写は急足調で一気に終盤に向っていく[22]」という仕掛けになっているのである。さて、その事態とは次のようなものであった。

Und bei des nächsten Morgens Lichte
Da tritt mit fröhlichem Gesichte
Ein Fischer vor den Fürsten hin:
“Herr, diesen Fisch hab’ ich gefangen,
Wie keiner noch ins Netz gegangen,
Dir zum Geschenke bring’ ich ihn.”

Und als der Koch den Fisch zertheilet,
Kommt er bestürzt herbeigeeilet,
Und ruft mit hoch erstauntem Blick:
“Sieh Herr, den Ring, den du getragen,
Ihn fand ich in des Fisches Magen,
O ohne Grenzen ist dein Glück!” (XIV, 79–XV, 90)

翌日の朝の光を浴びながら
得意満面の顔つきで
ひとりの漁師が主君の前にまかり出て　言上する

「殿　こんな大魚を召し取りました
いまだこの網にかかったことのないほどの代物です
これを謹んで献上いたします」

料理人はこの魚をさばくや
ぎょっとして駆け込んで
驚嘆に目を吊り上げ　大声で申し上げた
「殿　ご覧ください　御身のはめておられた指輪が
こいつめの胃袋の中に納まっておりました
おお　御身の幸には限りがありませんぞ！」

ここには、予想もしなかった貴重な獲物を「主君」に「献上」しようとして、足取りも軽くまかり出た「漁師」の様子が生き生きと活写されている。その意気揚々とした気分は、「朝の光を浴びながら」「得意満面の顔つきで」という語句からも明らかである。この目出度い「献上」品が、「いまだこの網にかかったことのないほどの代物」だというのだから、その「得意満面」振りは推して知るべし、である。

一方、その魚を「さばく」ことを命じられた「料理人」からすれば、主君がいったんは海中に投じたはずの「指輪」が、魚の「胃袋の中に納まって」いたというのだから、その驚き振りにひとかたならぬものがあったことも、容易に推察されるところである。そのことも、「ぎょっとして」(bestürzt)、「驚嘆に目を吊り上げ」(mit hoch erstauntem Blick) という語句の斡旋によって、生き生きと言い取られている。彼が「御身の幸には限りがありませんぞ!」と絶叫するのも当然である。

しかるに、傍にいてこの一部始終を見ていたエジプトの「国王」はといえば、「ぞっとして身を背けた挙句に、「もうこれ以上ここに留まるわけにはいきません／あなたはもはやわが友ではありません／神々はあなたの破滅を望んでおられます／あなたと死を共にしないために　わたしは急ぎ立ち去ります」と「言い放った」上で、その言葉通り、「そそくさと船に乗り込ん」でしまう(XVI, 91–96)。この場における彼の言動は、これまでの彼の発言からして当然予測されるところとはいいながら、ここで最大の恐怖、嫌悪感を示す"Grausen"という一語が置かれていることに、われわれとしてはやはり、いささかならぬ違和感を覚えずにはいられない。

察するに、これは一面では、手を変え品を変えといった感じで再三再四、「過度の幸福」を戒め、「神々の妬み」を和らげるように警告してきた自らの主張が、かくも簡単に裏切られたことに対する抑え難い怒り、異常なまでの恐怖感に由来するものと思われる。因みに、エラースはシラーのドラマ作りに関連して、「過度の幸福によって不幸が引き寄せられ、人間は私心なく愛する者を試みるべきではなく、人間は神々を挑発することは許されず、すべての罪過は地上で報いを受け、神は敬虔な弱者に抗して庇護を与えるという原則が、最後に格言の形で示される[23]」と言うが、しかし、この話におけるこういう事態の展開は、まさに「予期せぬ出来事の連鎖」によるものであり、それが結果として、「この客人が口を極めて、この幸福の一定の限界に意を用いるように促す警告の一つ一つが、そのあらゆる警告をあざ笑うように、その直後に立て続けに生起する出来事によって覆され」ていき[24]、ポリュクラテスの主体的意思とは何の関係もないままに進行するものである以上、それを彼の責めに帰するのは酷に過ぎると言うものであろう。この作品においては、「いかんともなし難く、回避し難い運命の威力の方に力点が置かれ」ていて、「緊張感は道義的意思と（運命の）必然性との矛盾、相克からではなく、偶然の幸運という連鎖が宿命としてたち現れてくるほかない」[25]ように設定されているからである。

つまり、「シラーは運命を人間の高慢に対する神の復讐として描いていない」[26]のであり、現にポリュクラテスは「恐怖の念にかられて」とはいいながら、自分の所有する最も高価な宝物を海中に投じているのである。しかるに、「運命」の方はこれによって何らの影響も受けず、その指輪は早くもその翌朝、彼の手に戻るというのだから、これはポリュクラテスの意思を超えた成りゆきと言うほかはない。そう見れば、事ここに至って、長年の交友を反故にして、ひたすらわが身の保身を図ろうとする「国王」の小心で利己主義的な人間像は、いやでも露わになってくるばかりである。

それでは、作者は意図的にこのような形で一篇の結末をつけることによって、「神々の妬み」の前では為す術もない人間の卑小さを暗示してみせようとしたのだろうか？　更にはまた、作者は人間としての「幸福」とはいかなるものであるべきか、読む者一人一人に問いかけようとして、敢えてこのような結末のままにしたのであろうか？　これについて、フィーホフは大略次のように言って、シラーの作詩法を明らかにしている。[27]

即ち、この詩人にとっては、この作品の根本思想をきわめて具象的な迫力のある形で浮き彫りにさせることが何よりも肝要だったのであり、このエジプトの国王が「戦慄」に襲われるのは、単に自身も巻き込まれかねない破滅が身近に迫ったからだというばかりではなく、ポリュクラテスが神々の「妬み」

の手中に落ちたことがいまや明白になったからである。つまり、秘密に満ち、身近に、恐ろしげに口を開いて待っている神々の威力に対する、身のすくむような感情が全編に充満していて、アマジスは日ごろから最も恐れていた過度の「幸福」が目の当たりに実現したことを知って、その恐怖感も頂点に達したところで、逃げ出さざるを得なくなったのである。そして、すでに述べた通り、本来、この詩の主役であるアマジスが舞台の表から退場すると共に、この詩も終りを迎えることになるのである。その意味で、「この詩が悲劇的な結末を未確定のままにしているのは、この作品の弱点ではなく、特殊な種類の魅力になっている」(28)のである。

以上見て来た通り、この作品は「幸福」という主題をめぐって、専ら客分であるエジプトの「国王」の発言を軸にして展開される。随所に劇的興趣も認められるものの、全体的には、それぞれの登場人物の性格付けがいささか類型化していて、精彩に富むリアリティに欠けている感は否めない。それは一つには、主題そのものが抽象的、理念的過ぎるということと関わり合っているものと思われる。更には、同一の韻律で一貫されていることが、かえって、ストーリーの流れを単調にして、起伏に富む動きを阻害する結果となっている面も確かなようである。これを要するに、「神々」の前での「人間」の無力の面が強調され過ぎて、良くも悪くも、人間としての生臭さ、あるいは主体性が無化されたままで終っているといってよいだろう。その点が、冒頭に挙げたフンボルトやケルナーの批判的評価につながったものと思われる。

ただ、そうは言いながら、かつてギリシアに存在し、文化の進展と共に解体したとされる「神々」と

「人間」と「自然」の調和を回復させようとして、「美的教育」の意義を説き、ひたすら普遍的人間性、フマニテートの確保に生涯を賭けたシラーの原質、萌芽は、この作品からも十分に読み取れる。彼がここで人間としての根源的欲求の一つである「幸福」というテーマを取り上げ、それを固有の劇的構成力によって一つの物語詩という形に仕立てたのは、人間の普遍的課題に対する彼の詩的追求の試みであったと思われる。つまり、「バラード詩作によって思想の領域から、純粋に具体的な描写への移行を完成する」[29]と言われる彼にとって、この作品はその重要な端緒となったという意味で、哲学的課題を詩的に表現する「思想詩人」としてのシラーによって、当然一度は書かれなければならない作品だったと言えるだろう。ヴィーゼが「シラーの文体が最も純粋に、最も完璧に顕現している傑作バラード[30]」の一つとして、この作品を挙げているゆえんである。

註

(1) Vgl. SW. 2. Bd. Tl. IIA. S. 602.; Viehoff, Heinrich: Schillers Gedichte. Franckh'sche Verlagshandlung. Stuttgart 1895. S. 27ff.
(2) SW. 29. Bd. S. 89.
(3) Johann Wolfgang Goethe. Gedenkausgabe der Werke, Briefe und Gespräche. Artemis Verlag Zürich (以下、GGA と略記), 1950. Bd. 20. S. 366 u. 368.
(4) Berger, Karl: Schiller. Sein Leben und seine Werke. C.H. Becksche Verlagsbuchhandlung. München 1924. S. 346.

(5) Burschell, Friedrich: Friedrich Schiller in Selbstzeugnissen und Bilddokumenten. Rowohlt Taschenbuch Verlag GmbH, Hamburg. 1958. S. 122.
(6) SW. 37. Bd. Tl. 1. S. 194f.
(7) Burschell S. 65.
(8) SW. 37. Bd. Tl. 1. S. 144.
(9) a.a.O., S. 269.
(10) SW. 29. Bd. S. 143.
(11) SW. 2. Bd. IIA. S. 603.
(12) Vgl. Viehoff: 3. Tl. S.29.
(13) Vgl. a.a.O., S. 31.
(14) Vgl. a.a.O., S. 31.
(15) Vgl. a.a.O., S. 31.
(16) SW. 2. Bd. IIA., S. 603.
(17) Berger: S. 350.
(18) a.a.O., S. 348.
(19) Vgl. SW. 2. Bd. Tl. IIA. S. 604.
(20) a.a.O., S. 604.
(21) a.a.O., S. 605.
(22) Viehoff: 3. Tl. S. 30.
(23) Oellers: S. 298f.
(24) Wiese, Benno von: Friedrich Schiller. J. B. Metzlersche Verlagsbuchhandlung und Carl Ernst Poeschel Verlag GmbH. Stuttgart 1959. S. 616.

(25) Kayser: S. 126.
(26) a.a.O., S. 126.
(27) Vgl. Viehoff: 3. Tl. S. 30f.
(28) Wiese: S. 616.
(29) Berger: S. 352.
(30) Wiese: S. 613.

シラーの英雄論――『潜水夫』

ここで取り上げるシラーのバラード『潜水夫』は、「人間の魂に潜む崇高さ、その誇り高い自己信頼、そして、英雄的心情に発する必然への帰順を描き出すこと」[1]を旨とする彼の真骨頂を示す作品である。『ポリュクラテスの指輪』については、「全体が無味乾燥」で、「全体のまとまりが抽象的な概念に留まっている」として苦言を呈したケルナーも、この『潜水夫』に関しては、作者宛の書簡の中で再三にわたって賛辞を送っているが、それを適宜抜き出してみれば、次の如くである。

特に『潜水夫』は見事な出来栄えで、とりわけ韻律構造において独自の技巧が用いられている『手袋』も、きわめて好ましいものと思われます。これらの詩は、貴兄が自らの詩人としての天職を確認するためには、貴兄の想像力を超感覚的な思念によって乱されることなく、その空想力に身を任せさえすればよいという、わたしの日ごろからの信条を再び証明するものとなっています。ここにはこの上ない明澄さと、活気と華麗さを伴った対象があり、これらの作品には特別な思想とのいかなる関わりも前提となってはいず、普遍的な広がりを持っているために、その分だけ、相当な教養のある読者を満足させてくれます。

『潜水夫』の韻律様式は、長めのバラードにきわめてぴったりと合っていると思います。……ダクテュルスあるいはアナペーストによって、その詩句にはその内容に非常にふさわしいきびきびした動きが賦与されているところが多々見受けられます。(2)

……しかし、言うまでもなく、『潜水夫』の素材のような選び抜かれたものは、今までわたしには思いつきもしませんでした。ほんのささやかな愛の一滴が含まれていなければ、このバラードは容易に、いかなる詩的才能をもってしても克服されえない無味乾燥さを帯びることになるでしょう。ただし、この愛は、わたしに言わせれば、あくまで背景に留まっていなければならず、まさにこの『潜水夫』におけるのと同様に、その愛の及ぼすさまざまな作用の中から感じ取られるべきものだと思われます。(3)

ケルナーと同様に、『ポリュクラテスの指輪』について、この詩に内在する問題点を指摘したフンボルトも、この『潜水夫』に関しては、次のようにその出来栄えを高く評価している。

あなたのバラードをとりわけ偉大なものとし、わが国で実際極めて低く見られていたこのジャンルに新たな高貴さを刻印している原動力となっているのは、あなたがバラードに固有の偉大で、戦慄的で、悲劇的な要素という印象を引き出しているその手際にあります。

あなたは単純で素朴で自然な、しかも歴史的なと言ってもよいような事件を選んで、それによって提示されたものだけを、きわめて独創的に活用されています。しかし、まさにそれだからこそ、わたしにはこのバラードがあなたの資質にぴったりとした形で作られた、と言ったのです。なぜなら、バラードが要求する偉大で崇高で深遠な要素が、すっかりあなた独自のものとなっていて、それがあなたに発するすべてのものを特徴づける結果になっているからです。それによってあなたの『潜水夫』はいまや極めて高貴で崇高なものと思われ、それによって、あなたはこのバラードをきわめて高い段階にまで引き上げられました……

あなたの『潜水夫』における偉大な技巧は、私には、ストーリーをさまざまな要因に分割している点にあるように思われます（……）。一つの極めて美しい感情の軌道修正は王女の登場と共に始まり、結末の部分はとりわけ感動的です。個々の場面はあらゆる概念を超えて偉大です(4)（……）。

このように両者それぞれのニュアンスを保ちながら、二人が共通してこの作品を高く評価しているのは、作者が人間の本性に潜む「高貴で崇高で偉大」な要素を、その場にふさわしい韻律を駆使して、簡明で自然で躍動的な迫真の筆致で描き出していることを正当に認識したからであると言ってよいだろう。

ただ、われわれの見方によれば、ここでは直接には触れられていないシラーの英雄主義こそ、この詩の中核を成すものにほかならないと考えられるのである。つまり、この作品には人間の自然な道義、G・カイザー流に言えば、「道義的な意味連関」(5)に基づいて「自由」と「美」を目指すという、シラー固有の英雄主義が全編にわたって熱く息づいているように思われる。しかも、この英雄主義は、最初の無謀とも見える青年客気による、衝動的な冒険主義から、人間愛の目覚めによる美的行為の実現へと、その質が大きく転換しているように見受けられる。その点で、このバラードはまさにシラー年来の「美的教育」の貴重な詩的実践とも見えてくる。

およそこのような視点から、以下、この作品の持つ独自の魅力を確認してみることにしたい。

成立史

テキストの検討に入る前に、ここではひとまず、このバラードの成立の事情について概観しておきたい。

この詩は、ゲーテが『ヘルマンとドロテーア』を最終的に完成するために、一七九七年五月二十日から六月十六日にかけてイエーナに滞在していた折に、共同でバラード創作に取り組んだ際に生れた最初の作品である。(6)国民版全集の註によると、この作品は一七九七年六月五日に書き始められ、ちょうど一〇日を経た六月十五日に書き終えられて、『一七九八年のための詩神年鑑』に収められたもののようである。(7)

この詩の素材に関して言えば、シラーがこのバラードの筆を執った時期には、印刷された典拠といったようなものはなく、『イビュクスの鶴』成立の機縁を作ったゲーテとの対話などを通じて、この素材に親しんでいったものと推測されている。十四世紀から十七世紀にかけての多数の伝承に基づく年代記の一つには、このバラードと非常によく似た次のような話が伝えられている。(8)

シチリアの国王フリードリッヒがメッシーナ滞在中に、当時有名な職業潜水夫ニコラウスに向って、自ら海中に投じた黄金の盃を取り戻してきた上に、カリュブデスの渦潮の実態について報告をもたらすことが出来たら、その盃を進呈しようと約束する。その盃を取り戻してきたニコラウスは次のように報告する。「国王陛下、わたしはご命令の通り、務めを果して参りました。わたしはこのたびの冒険で身をもって見聞したことを、前もって知っていましたならば、たとえ王国の半分をやるといわれても、決してご命令に従うことはなかったでしょう。わたしは国王の命に服しないことは向う見ずな振る舞いだと思ったばかりに、さらに大きな向う見ずを犯してしまいました。」

何を以って「向う見ず」というのか、という下問に対して潜水夫が挙げたのは、すさまじい潮の流れ、無数の岩礁、恐るべき渦潮、そして海底に棲息する怪物たち、という四つの危険であった。

彼はさらに語を継いで、この盃が見つけられたのは、それが垂直に海底に落下していかず、岩礁の一つに引っかかったままだった故であること、渦潮は海水を飲み込み、再びそれを吐き出すという動きを繰り返していること、海はその部分が肉眼でほとんど漆黒の底まで捉えられるほど深くなっていることを述べる。

彼は最初は分け前を受け取ることを拒絶したにもかかわらず、溢れんばかりの黄金の誘惑に勝てず、再度海中に潜ることになるが、もはや帰還することは叶わなかった。
この他にも類似の話が伝えられていたようであるが、[9] ゲーテの知っていた話の大筋はここに挙げたものと大同小異であり、前述もした通り、シラーはゲーテとの対話を通じてこの伝承を知るに至り、殊のほか興味を唆られて、それを独自のバラードへと展開していったと考えてよいだろう。
以下、テキストに即して、シラーの英雄観を検討してみることにしよう。

国王の難題

右のような経緯を経て成立した、シラーの全二七詩節一六二行に及ぶ長大なバラード『潜水夫』は、「国王」が家臣たちに向っていきなり無理難題を押し付けるという、「爆発寸前の、切迫した場面」によって一篇の幕を開ける。つまり、「国王の緊張を強いる問いかけからしてすでに常軌を逸している」[10] のである。

Wer wagt es, Rittersmann oder Knapp,
Zu tauchen in diesen Schlund?
Einen goldnen Becher werf ich hinab,
Verschlungen schon hat ihn der schwarze Mund.
Wer mir den Becher kann wieder zeigen,

Er mag ihn behalten, er ist sein eigen.

Der König sprach es, und wirft von der Höh
Der Klippe, die schroff und steil,
Hinaus hängt in die unendliche See,
Den Becher in der Chrybde Geheul.
Wer ist der Beherzte, ich frage wieder,
Zu tauchen in diese Tiefe nieder?

Und die Ritter, die Knappen um ihn her,
Vernehmens und schweigen still,
Sehen hinab in das wilde Meer,
Und keiner den Becher gewinnen will.
Und der König zum drittenmal wieder fraget:
Ist keiner, der sich hinunter waget? (I, 1–III, 18)

「騎士に若侍の諸子よ　誰か
この深き淵に身を投ずる勇気のある者はないか?
余が黄金の盃を投げ込むや

たちまち黒々とした口に飲み込まれてしまう
その盃を　また余の前に見せることのできる者があれば
それを自らの持ち物にしても構わぬぞ」

国王はこう語るや　果て無き海中に掛かる
鋭く切り立った岩上の高みから
咆哮するカリュブデスの海へ
その盃を投げ捨てる
「再度尋ねるが　誰かこの海底に
身を投ずる胆力のある者はないか？」

だが　周りに居並ぶ騎士や若侍たちは
その声を耳にしながら　寂として声も無く
荒れ狂う海を見下ろすばかりで
その盃を手に入れようとするものはいない
すると国王は三度《みたび》問いかける
「飛び込む勇気のある者は誰もいないのか？」

この詩句を見れば、「周りに居並ぶ騎士や若侍たち」に向って無理難題を強要しようとする「国王」の意図は一目瞭然である。しかもそれが「三度」も繰り返されるというところに、彼の断固たる意志の強さは見紛いようもない。と同時に、その問いかけが最初の二回は「誰かいないか?」という、一応は穏当な疑問形になっているのに対し、最後のそれは「誰もいないのか?」となっていて、“wer”から“keiner”に変じているところから、われわれはいやでも彼の心理の動き、即ち、最初は興味半分のいたずら心から、家臣たちの不甲斐なさに対する苛立ち、嗜虐的な関心へと変化している心の動きを感受せざるを得ない。

そして何より、彼の問いかけが尋常一様の「勇気」では成し難い難問であることは、漸層的に畳み掛けられる措辞によって、きわめてリアルに、かつ強烈に印象づけられる。そのことは何よりも、この場面の地形を描写する語句によって如実に示される。それは例えば次の通りである。

（1） 先ず第I詩節では、「国王」は「騎士や若侍たち」に向って、「この深き淵に身を投ずる」ことを要求する。ここで用いられている“Schlund”という語自体が、グリム大辞典によれば、「最初は人間を飲み込むのに適したと思われる穴、裂け目から、不気味で底深く、真っ暗な穴、裂け目全般を指すものの意に転じた」ものであり、要するに、人の死命を制する「奈落の底」を意味するものであることを考えれば、それだけでもこの要求の只ならぬ過酷さは明らかだろう。しかも、それが「黒々とした口」を開けて待ち構えているというのだから、家臣たちが恐怖に怯み、脅えるのは当然な反応と言うべきであろう。

（2） 第II詩節に移ると、それまで専ら下方に向けられていた視線が、一転して、一度は上方へ向けられた後で、再度下方へ向けられる。この下―上―下への視線の移動が、この場面の立体感と躍動感を生み出す効果を発揮していることは改めて断るまでもない。

具体的に言えば、「国王」はいま、「果て無き海中へ掛かる／鋭く切り立った岩上の高み」に立っているのであるが、ここで用いられている“schroff”“steil”“unendlich”という形容詞の絶妙な配置によって、この地形の垂直的であると同時に水平的な広がりが、くっきりとした輪郭をもって浮き彫りにされるのである。しかも、作者は「咆哮するカリュブデス」という語句によって、不気味さと音響効果を演出することも忘れてはいない。

第V詩節第二八行目でも繰り返されるこの「カリュブデス」という語が、もともとギリシア神話に由来するものであり、「海の渦巻きの擬人化された怪物の女」であり、『オデュッセイア』では「スキュラと相対した所にあり、一日に三度、そこに来た船その他のあらゆるものを飲み込み、三度吐き出した」とされ、「後代ではカリュブデスはイタリアとシシリアとの間のメッシナ海峡に棲む」とされていて、しかもそれが凄まじい「咆哮」を響かせているというのだから、周りの廷臣たちが「国王」の言葉を「耳にしながら　寂として声も無く／荒れ狂う海を見下ろすばかり」だというのもまた当然過ぎることである。それに追い討ちをかけるかのように繰り返される“hinab”（二回）“nieder”“hinunter”という、いずれも「下降」を示す副詞の効果的な斡旋によって、かれらの恐怖感が強まる一方であることは言うまでもない。
（3）　その点で見逃せないのが、第Ⅲ詩節において三度にわたって繰り返される“Und”という接続詞の絶妙な配置である。即ち、前の二つは、恐怖感から心身を強張らせている廷臣たちの心理状態を示して余すところがない。とりわけ最初の“Und”には強勢を置き、十分な間を取って読まれるべきだと思われる。それによって、かれらの躊躇逡巡振りがひときわ露わに印象づけられるからである。それと呼応して、最後の“Und”にもやはり強勢と十分な間合いが必要であろう。それによって、臣下の不甲斐なさに怒り、苛立つ「国王」の心の動きが浮き彫りにされるからである。このような“Und”の効果的な配置が、先ほどのケルナーによって指摘された韻律様式と相まって、この場面の緊迫感を高めてゆくのであるが、作者はこの緊迫感が頂点に達した頃を見計らった上で、新たな事態の展開を演出してみせる。

事態の展開

「皆が相変わらず押し黙っている」のを見かねたかのように、「怯みためらう若侍の輪の中」から、「温和ながらも果断な一人の高邁な従者が進み出る」ことによって（IV, 19–21）、この長い物語詩もようやく具体的に動き出すことになる。なお、ここで進み出た「従者」に関して、“edel”“sanft”“keck”という形容詞が用いられていることには、当然ながら作者のひそかな意図がさりげなく配されているものと思われる。即ち、先ず“edel”について、ストーリーの展開を先取りして言えば、一般には血筋、血統の由緒正しさ、「高貴さ」の意で用いられるのが常であるが、ここではこの若者の人柄の目出度さ、心栄えの「高貴さ」を予告する働きをしているようなのである。それは、今日では「無鉄砲な」「向う見ずな」という否定的なニュアンスで用いられることの多い“keck”についても同様である。つまり、ここでは直後の“zagend”という語によって示される周囲の同輩たちの「臆病さ」と際立った対照を見せて、この語は一面、「国王」の無理難題を物ともせぬ「果断さ」を暗示しているものと思われる。但し、その「果断さ」は、状況の苛酷さを見極めた上での決断というよりも、前後の事情を熟慮する間もなく取られた行動というニュアンスの方が濃いのは事実であろう。というのも、「この若侍（Knapp）は、語源的な面から見ても、まだ完全には成人の世界に組み込まれていない一人の青二才（Knabe）」に過ぎず、「自分自身、及び外界と根源的な調和を保ったままの、自意識を欠いた〈優れた若者〉[11]」の域にとどまっているからである。言い換えれば、彼は未だに自己、及び世界との分裂を知らない無垢の故に、その精神も“sanft”なままでいられる、というわけである。

作者はこのように形容詞を巧みに配置することによって、この詩の主人公の人物像をそれとなく暗示した上で、いたずらな感傷に浸る暇も与えず、早くもこの若侍をして次の行動に移らせる。「と　彼は帯を解き　着ているマントを脱ぎ捨てる」（Und den Gürtel wirft er, den Mantel weg, IV, 22）という、一切の形容句を省いた即物的な行文は、決然として自らの使命に立ち向う彼の挙動を生き生きと映し出している。固唾を呑んでそれを見守る「周りの者たちは男女を問わず／驚きあきれて　この健気な若者に見入る」ばかりというのも、当然過ぎる反応だと思われるが、ここにも主人公を取り巻く「心を動かされた人間集団、大衆を動員し、その心の中にすべての出来事、感情体験が印象を強める反響を見出す」ことによって、劇的効果を高めて行く「シラーの劇作家としてのセンス」は歴然としている。[12]

こうして、ここまでの四詩節において、早くも息詰まるような序曲を演出した作者は、次節以下の詩句によってわれわれを物語の核心へと導いてゆく。

波立つ地形

右のような経緯によって、この勇敢な若者はいよいよ行動に移ることになるが、「そそり立つ岩の懸崖へと歩み行き／大きく口を開いた奈落の底を見下ろ」す彼が目にするのは、「轟々と海鳴りを響かせ」て、「カリュブデスが飲み込んでは／また吐き出す満々たる海流」である。これだけでも人の気持ちを怖気付けさせるに十分だが、「遠くには雷鳴のとどろき」が聞え、海の潮が「不気味な海の底から泡立ってほとばしり出る」というのだから、荒涼として凄まじいその光景は、読む者の度肝を抜かずにはいない迫力に満ちている（第V詩節）。シラーが逆巻く海の実景を一度も目にすることもないままに、このような迫力に満ちた情景を描き出し得たのは、直接には、ウェリギリウスの作品がヒントになっているもののようであるが、より本質的には、彼の「驚嘆すべき詩的画法の力」[13]によるものにほかならない。

しかるに、作者はこれで手を休めるどころか、この場にふさわしい動詞を畳み掛けるように繰り出して、文字通り、ダイナミックな興趣を盛り上げることに筆を尽す。

Und es wallet und siedet und brauset und zischt,
Wie wenn Wasser mit Feuer sich mengt,
Bis zum Himmel sprützet der dampfende Gischt,
Und Flut auf Flut sich ohn Ende drängt,
Und will sich nimmer erschöpfen und leeren,
Als wollte das Meer noch ein Meer gebähren. (VI, 31–36)

波立ち　奔騰し　立ち騒ぎ　しぶきを上げるその様は
水と火がまぐわいでもするかと思われる
泡立つ波頭は　天際までも飛び散って
潮に続く潮は　ひしめき合って果てもなく
海が　また一つの海を生み出すかとばかり
衰えて　空しくなる気配もない

ここにはまさに息つく間もなく、うねり、高まる海流の動きが、間然するところなく描き尽されている。その原動力となっているのは、現在分詞形も含めて計一一種の多数に上る動詞の表現効果による。と同時に、このような圧倒的でダイナミックな情景描写は、実は、次の静的な光景をひときわ効果的に印象づけるための絶妙な仕掛けともなっているのである。

即ち、次節冒頭の「だが　さしもの激しい猛威もついには静まって」（VII, 37）という一行を見れば、直前の詩節の動的な世界との対比は視覚的にも明らかである。但し、その視覚的対比は、「真っ白な泡の間からは黒々と／裂け目がぽっかりと大きな口を開けて待ち構えている」（VII, 38f.）という詩句に見られるように、決して安心感を与えるようなものではなく、むしろ、いつでも人の命を飲み込もうと「待ち構え」ているこの海の不気味さを強調する働きをしているのである。その点で、この「黒」（schwarz）と「白」（weiß）の色彩の対比は、ひときわ印象的である。ちなみに、ここではこれ以外にも“wild”“gähnend”“reissend”“brandend”“strudelnd”という主として音響効果に関わる形容詞、または副詞の多用が目に付くが、[14]それもこれも、一見静寂と見えるこの光景が、実は、「果ても無く広がるかに見える冥土の空間」（VII, 40）を視覚及び聴覚の両面から浮き彫りにするための作者の周到な計算に基づいている。その点でこの詩節は、直前の詩節における動詞形の多用とは対照的に、形容詞の持つ表現効果を最大限に活用した詩節と言ってよいだろう。

このように、作者は動詞と形容詞を有効に活用し、ダクテュルス（揚抑抑格）とアナペースト（抑抑揚格）を巧みに操って、この「若者」の行く手に広がる光景の凄絶さをリアルに描き出して見せるが、但し、われわれはここで、これが「人間と自然との相互関係に基づく自然バラードとはその質を全く異にする[15]」ものであることを忘れてはならないだろう。つまり、「シラーのバラードは徹頭徹尾、ひたすら人間の世界を扱う[16]」ものだからである。

そう見れば、ここで描出されている荒涼たる自然の景観も、いわば、次の若者の英雄的行動を際立たせるための舞台装置となっているに過ぎないことが自得されるだろう。

主役の行動

第Ⅳ詩節で描かれていたように、並み居る廷臣たちの間から進み出た「若侍」は、第Ⅷ詩節に至ってようやく実際の行動に移るが、その場面は次のように描写される。

Jetzt schnell, eh die Brandung zurückekehrt,
Der Jüngling sich Gott befiehlt,

Und — ein Schrey des Entsetzens wird rings gehört,
Und schon hat ihn der Wirbel hinweggespült,
Und geheimnißvoll über dem kühnen Schwimmer
Schließt sich der Rachen, er zeigt sich nimmer.（VIII, 43-48）

今こそ　砕け散る波が寄せて返すいとまもあらばこそ
若者はすべてを神にゆだねる
すると——周りには驚愕の悲鳴が上がる
早くも　逆巻く渦潮は彼を洗い流してしまう
そして　この果敢な泳者の上から　曰くありげに
海のあぎとはしかと閉ざされ　彼の姿は見えなくなった

「国王」との約束を果すべく、「逆巻く渦潮」を物ともせず、「果敢」に海中に身を投ずる「若者」の行動を描くこの場面は、まさに息を継ぐ間もない迫力に満ちている。それは何よりも先ず、“schnell”“schon”という時間に関わる副詞、そして、“eh”という接続詞の働きによる。これによって、彼の行動がいささかの躊躇、逡巡もなく、いわば一瞬の間に為されたことが明確に言い表されるのである。

これとは対照的に、“Und —”という接続詞と休止記号の配合によって、固唾を呑んで成り行きを見守っている「周り」の人々の、一瞬虚をつかれた後にわれに返って、「驚愕の悲鳴」を上げるという反応が真に迫ったものとして受け取られるのである。

この緩急の妙と、一切の感傷を配した即物的な文体によって、この場の緊迫感をいやがうえにも盛り上げた上で、作者はわれわれの関心をその後の「若者」の動静へとつないでいく。即ち、第Ⅷ詩節以下第Ⅺ詩節に至る詩句では、しばらく、波間に消えた「若者」の行方を見守る一団の不安、恐怖に戦く心理と、事態の容易ならざる多難さを具象的に描き出すことに費やされる。それは例えば、"bebend" "bang" "schrecklich" という心理の動きに関わる副詞、あるいは形容詞の重用から如実に見て取れる。この場に取り残されたかれらの願いは唯一つ、「口から口」に洩れてくる「心栄え高き青年よ　どうか無事に切り抜けてくれ！」(IX, 52) という一事に尽きる。その切なる祈りをあざ笑うかのように聞えてくるのが、「海の底では立ち騒ぐ波音がうつろに響くばかり」というのだから、かれらが「不安」と「恐怖」に「戦く」のも当然である。しかも、作者はその轟く波音は「うつろさを増す一方」と言って、ひたすらかれらの心理を追い詰めることに集中する。つまり、ここで畳み掛けるように使われている "hohl" "hohler und hohler" というh音による頭韻効果を駆使した副詞は、この場に立ち尽すかれらの祈りが、轟く波音にあえなく掻き消されてしまうという「うつろさ」、無力感を印象付けるのに十分すぎるほどである (第Ⅸ詩節)。

ただ、そういうかれらも、ただ手を拱いているばかりではなく、一旦は救助の船を出そうと試みるのであるが、それもつかの間、「幾艘もの乗り物も　逆巻く渦潮に捉えられ」た挙句、「竜骨も帆柱も粉々に打ち砕かれて／すべてを飲み込む墓場から浮び上がるばかり」という結果に終るほかはなく、その耳に「いよいよ冴え冴え」と「いよいよ間近」に聞えてくるのは、「嵐のざわめき」にも似た海鳴りだけである（第Ⅺ詩節）。その凄まじさは、第Ⅵ詩節の変奏とも言うべき第Ⅻ詩節におけるリフレインによって決定的に定着させられる。

このようにして、第Ⅷ詩節を頂点として、以下、第Ⅻ詩節までの古代悲劇の合唱団に倣った中間休止を間にはさんだ「二幕仕立のドラマ」[17]の前半部において、人為と自然の両面からの脅威と、「若者」の置かれた抜き差しならぬ状況を描くことに筆を尽し、劇的緊張感を盛り上げることに集中してきた作者は、後半部において逆転のドラマを用意して、この詩一篇の核心部へと迫ることになる。なお、フィーホフは第Ⅷ詩節を前半部の終りとしているが[18]、われわれは第Ⅸ詩節から第Ⅻ詩節までの四詩節を含めて前半部と考えたい。それによって、後半部における事態の急転が一層鮮やかに浮き彫りにされると思われるからである。

予期せぬ展開

ここまで微に入り細にわたって「若者」を追い詰めることに専念してきたかに見える作者だが、後半部の開始と共に事態の新たな展開を演出してみせる。

Und sieh! aus dem finster flutenden Schooß
Da hebet sichs schwanenweiß,
Und ein Arm und ein glänzender Nacken wird bloß
Und es rudert mit Kraft und mit emsigem Fleiß,

Und er ists, und hoch in seiner Linken
Schwingt er den Becher mit freudigem Winken. (XIII, 73–78)

すると　見よ！　黒々とうねる潮の懐から
白鳥さながらの真っ白なものが浮び上がる
する間に　一本の腕と光り輝くうなじが露わになる
力の限り　懸命に水を掻いて来るものは
他でもない　あの若者だ！　しかも　差し上げたその左手には
あの盃を高々と振りかざし　歓喜の合図を送る

これを見れば、これまでの叙述からして殆ど絶望的だと思われていた「若者」が、無事生還してきたらしいことが分る。それにしても、彼の奇跡的な生還を描く作者の筆致は「詩的な形態画法の傑作[19]」の名に恥じず、精妙を極める。この秘術を尽した詩人の腕の冴えによって、われわれは確かに「期待に満ちた緊張感を高められる」のである。それは先ず、「黒々とうねる潮の懐から／白鳥さながらの真っ白なものが浮び上がる」という冒頭の一文からも明らかである。このバラードにおける非人称の“es”の効果的多用については、フィーホフの指摘する通りであるが[20]、それはここにおいても同様であり、この文の主語が非人称の“es”であること自体、ここで「浮び上が」ってくるものの実体が何であるか、未だ確認されていないことを示している。と同時に、ここでもまた“finster”“schwanenweiß”という対照的な色彩感を示す副詞が配置されていることによって、状況が「暗」から「明」、「絶望」から「希望」へ転じていることが暗示される。

それに対応して、「する間に　一本の腕と光り輝くうなじが露わになる」という文章が続くのであるが、ここで使われている“glänzend”という形容詞は、直前に暗示されていた「希望」を、より確かなものとして定着させる上で不可欠の働きをしている。しかしながら、ここに至ってもなお、人々の目に「露わ」に捉えられるのが、あくまでも「一本の腕と光り輝くうなじ」に留まっていて、その実体の全容までは明らかにされないままである。そのことによって、われわれは事態の行方が未だ予断を許さないことをいやでも思い知らされるのである。これに続く「力の限り　懸命に水を掻いてくるもの」という一文においても、やはり、非人称の主語が使われていることもこれと同様である。但し、ここで、先ほどの「浮び上がる」という受動的な動詞から、「水を掻いてくる」という主体的な動きを示すものへと変じていることは注目に値する。これによって、いま視界に捉えられているものの実像が、その分だけ具象化されるからである。

このように周到な準備によって、われわれの期待感を徐々に高めた上で、作者は待ちに待った「他でもない　あの若者だ！」という一文を提示するのである。そのことが、「差し上げたその左手には／あの盃を高々と振りかざし　歓喜の合図を送る」という結びの一文に直結することは改めて断るまでもない。こうして、先ほどの“schwanenweiß”“glänzend”という副詞または形容詞は、“freudig”という一語に結実したのである。付言すれば、ここで彼が「高々と振りかざし」ている物が、ほかならぬ「盃」であることには、極めて大きな意味が示唆されているものと思われる。これについては、後に改めて触れるつもりであるが、ここではひとまず、この「盃」という小道具が、「若者」の英雄主義の質的な変化を象徴するものとして、意味深長な働きをしていることを指摘するに止めておきたい。

こうして、この詩の最大の眼目とも言うべき「若者」の奇跡の生還を、細心絶妙の筆致によって生き生きと描き出した作者は、その後の事態の展開へと目を転じることになる。その点で、この第XIII詩節はこの詩の前半部と後半部を有機的につなぐ重要なターニングポイントになっていると言ってよいだろう。

「若者」の長広舌

いまだに「長い息をつき　深く息を吸っていた」(XIV, 79)という一文は、この「若者」の苦闘の跡を簡潔明瞭に言い表すものにほかならないが、それを見た人々が口々に「墓場から　渦巻く海の洞穴から／この雄々しき若者は生ける魂を救い出した」と言って、「小躍り」して喜び迎えたのも(XIV, 81ff.)、かれらのそれまでの緊張感の大きさを如実に物語っている。「歓呼する群集がかれを取り囲む」(XV, 85)のは自然の勢いである。"Frohlocken" "jubelnd"という語は、人々の「歓喜」の大きさを簡明、適切に物語るものであるが、そういう周囲の華やいだ気分を背景にして、作者はいよいよこの詩の主役である「若者」の言動に焦点を当てる。

その彼は先ず、「国王の足元にひざまずき／その姿勢のまま　件の盃を差し出し」た上で(XV, 86f.)、「やおら国王の方に向き直っ」て(XV, 90)、延々七詩節四二行にわたって長広舌を振うことになる。実を言えば、この長大な物語詩の中で、彼がその肉声を響かせるのはこの時が初めてなのである。というのも、彼が第IV詩節で初めて登場して来た時は、一語も発しないまま、「帯を解き　着ているマントを脱ぎ捨て」て、そのまま海中に身を投じていたからである。しかも、彼に課された使命の多難さが並み一通りのものでないことは、われわれのこれまで見てきた通りであり、それに耐えて見事に課題を克服した彼が、ここに至って、満を持し、堰を切ったように、自らの苦闘を伝えようとするのも、極めて自然な心理の動きと言ってよい。

さて、そういう彼の発する第一声とは、次のようなものである。

Lang lebe der König! Es freue sich,
Wer da athmet im rosigten Licht.
Da unten aber ists fürchterlich,
Und der Mensch versuche die Götter nicht,
Und begehre nimmer und nimmer zu schauen
Was sie gnädig bedecken mit Nacht und Grauen.（XVI, 91–96）

殿にはお変りもなく！　ばら色の光を浴びて
息づく者に幸いあれと存じます
だが　あの海の底は恐しき限りです
人間の分際で神々を試すべきではありません
神々が畏れ多くも　暗闇で覆い隠しているものを

のぞき見ようなどとは　金輪際　断じて　望むべきではありません

ここには積り積った彼の胸中が凝縮されているようである。そのことは“nicht”“nimmer”という否定辞が繰り返されていることから端的に見て取れる。それは、ヴィーゼも言う通り[21]、一つには「神々を試す」という「人間の分際」としてあるまじきヒュブリス（倨傲）に対する作者自身の世界観、「シラーのバラードのすべてに共通する基本思想」[22]を反映したものでもあろう。しかし、この否定辞が三度にわたって繰り返されている気息の激しさを見れば、事はそれほど単純なものではなく、この「若者」の怒りは、より根深いところに向けられているようである。つまり、「他の人間を思いのままに操る人間の尊大さ」、この詩の文脈に即して言えば、「国王が人間たち（＝自分の臣下）に対して、神々を試すように唆し、かくして人々をもてあそぶことによって、神々を試すのだ」とするカイザーの指摘は[23]、事の真相をよく言い得ているように思われる。そして何より、彼が「国王」に面と向って、このような接続法第Ｉ式による「要求」の話法を連発するのも、文字通り命をかけて潜り抜けて来た自らの苦闘の裏づけがあるからである。その具体相を彼が微に入り細をうがって事細かに語って聞かせるのも、彼のそういう心情に由来する。その真相とは、例えば次の第XVIIの一詩節を見ただけでも十分過ぎるほど明らかだろう。

即ち、彼はここで、「電光石火のうちに引きずり込まれた」こと、「突屼とした岩穴から沸き立つ水が／怒涛となって自分の方に押し寄せてきた」こと、「海流が二重の猛威を振るって自分を摑み取った」こと、自分が「コマのような目のくらむ回転をしてきりきり舞いさせられた」ことを、事実のままに報告するのであるが、これを見れば、自然の猛威にさらされた人間の無力さは覆うべくもない。彼が「わたしにはなす術もありませんでした」と告白するのは当然至極なことである（第XVII詩節）。しかるに、彼が絶体絶命の状況に追い込まれたのを見計らった上で、作者は先ほど暗示されていた神の「恩寵」を用意する。

Da zeigte mir Gott, zu dem ich rief,
In der höchsten schrecklichen Noth,
Aus der Tiefe ragend ein Felsenrif,
Das erfaßt' ich behend und entrann dem Tod,
Und da hieng auch der Becher an spitzen Korallen,
Sonst wär er ins Bodenlose gefallen.（XVIII, 103–108）

そのとき　神はわたしの絶叫に応えて
この危急存亡の折に
海の底から聳え立つ　一つの岩礁を見せてくれました
わたしは素早くそれに取り付いて　死神の手を逃れました
すると　尖った珊瑚樹の先に　あの盃が引っかかっておりました
さもないと　盃は果てもない海の底に沈んでいたことでしょう

これによって、彼が間一髪の「危急存亡」の危機を脱した事の次第は明らかになったが、それにしても、直前の詩節における人為の無力さと、この場における神の恩寵の絶大さの対照を鮮明に印象づけずにはおかない作者の筆さばきは見事と言うほかはない。ある意味では通俗的とも見えるこの設定が、さして不自然とも見えないのは、これまでも見てきた通り、ひとえに作者の適切な詩句の斡旋による。しかし、作者はこれでもまだあきたりず、「若者」に自らの体験した苦難を事細かに物語らせる。それは当然、それがこの詩の眼目であり、それなくしてはこの一篇の物語詩がリアリティを欠くことになるからである。「若者」の語り口が執拗なまでに精細なのは、むしろ当然なことなのである。

さて、彼は先ず、聴覚が殆ど麻痺した無音の世界で、「身の毛もよだつ思いで　この目が捉えた」ものの様相を、「火蛇やイモリや海蛇」などのおぞましい海の怪物たちが「恐ろしい地獄の入り口でうごめいていました」と言って、「山ほどの深み」における世界を具象的に提示してみせる（XIX, 109–114）。このことによって、これまで専ら、彼の飛び込むべき海の地理的、外形的険しさが強調されていたのに対して、体験した者にしか見ることの出来ない海底の様相が実体を持って浮び上がってくるのである。言い換えれば、これによって彼は地理的障害に加えて、そこに棲息する怪異な生き物との格闘という二重の責め苦を負っていたことが明らかとなるのである。

ともあれ、彼の打倒すべき相手はこれに止まらず、「とげを持ったエイ」「海のハイエナ　凶暴なシュモクザメ」などが「すさまじく入り乱れ」て、「見るも恐ろしい塊を成し」て、「どんよりとした異形をさらし」ては「威嚇する」ように「残忍な歯をむき出」して、「ひしめき合っている」というのであるから（XX, 115–120）、その苦難のほどは察して余りある。そういう彼がいやでも「恐怖を覚」え、「人間の力による救助から遠く離れた」と感じるのも当然だろう。「怪物たちのうちで唯一生きて感じる胸」を有するのは自分の他にない状況の中にあっては、彼が「怖気立つ孤独」に陥るのも無理からぬことである。何しろ、ここは「人間の話し声の届かぬ深い海の底」なのであり、「寂漠たる荒涼を棲み家とする怪異どものそば」に身を置いているからである（XXI, 121–126）。しかも、この絶体絶命の窮地の中で、いよいよ「百もの関節を動かして這い寄っ」て、彼に「ぱくりと食いつこうとする」奴があるとすれば、この「若者」ならずとも、「恐怖のあまり錯乱」して、それまで必死の思いでしがみついていた「珊瑚樹の小枝」から思わず「手を離してしまう」のは、自然な反応であろう。

ちょうどこの時に、彼は「すさまじい勢いで押し寄せる渦巻きに捉えられ」てしまう。しかし、これまでは専ら彼を海底に飲み込もうとする恐怖の対象として描かれていたこの「渦巻き」が、今度ばかりは図らずも、彼の生命を救う力として幸いしたのである。「だがこれがわたしの幸いとなりました　このおかげで海上に引き上げられたからです」という言葉は、そのことを雄弁に物語っている（XXII, 127–132）。

このようにして、作者は「若者」に延々と事の次第を語らせるのであるが、それがいささかの冗長さも感じさせないどころか、逆に、スリルに満ちた迫真力をもってわれわれに迫ってくるのは、ひとえに、前述した韻律による躍動感と、劇的興趣を盛り上げるシラーのドラマトゥルギーのなせる技である。それに加えて、ゲーテから魚類に関する書物を借りて研究したという地道な努力が、(24) この場面の海の怪物たちに生動感を与える原動力となっているものと思われる。それより更に重要で本質的なことは、彼のこの長広舌が、実は、ほかならぬ彼の一己の人間としての「変身」「覚醒」を物語るものとなっていることである。つまり、彼は当初は（前述のKnappの原義Knabeとして）世界のことを何も知らぬ「少年」として、「自然界を構成する諸要素に身を委ね」て、海中に飛び込んだのであったが、「その深淵から帰還する際には変身」し、「（人間としての）意識に目覚めて再び浮上してきた」というわけである。[25]この「人間性への認識」が自らの行為を「ヒュブリス」と感じる洞察となり、先ほどの「国王」に対する批判へとつながっていったのである。そしてそのことがまた、この後の物語の展開にとっての重要な伏線ともなっているのである。

意想外の展開

右に見た通り、筆舌に尽せぬ苦難に打ち克って帰還した「若者」だが、彼を迎えた「国王」の対応は、万人の予想を裏切る過酷なものだった。即ち、「国王」は彼にねぎらいの一言をかけるどころか、「その話に不審を抱い」た挙句に、「いま一度運を試して　おまえが海の奥の奥底で／目にしたことを知らせる気はないか?」と言って、再び無理難題を押し付けようとする（XXIII, 133–138）。

「それを耳にして」は、さすがに「（国王の）娘」も黙っていられず、生来の「思いやり深い心根」のままに、父の心を損ねぬように精一杯の「気配り」を見せながら、「お父上　そんな残酷な戯れはもうたくさんです／この方は他の誰にも叶わぬ試練に打ち克たれたではありませんか」と言って、必死のとりなしをする（XXIV, 139–142）。

それに対して、彼女の父なる「国王」はと言えば、「やにわにその盃に手を伸ばし／それを渦巻く波頭の中に投げ込む」という挙に出た上で、「若者」に向って「そなたがこの盃を再びわが手元に届けたならば／その時こそ　そなたをわが最大の忠勇の士となし／この娘の夫として今日のうちにもその腕に抱かせてやろう／この娘はいまや優しき心根でそなたのためにとりなしを願っているのだから」と言い放つ（XXV, 145–150）。

これが最初の提案よりもはるかに困難な難題であることは言うまでもない。最初の提案自体、十分すぎるほど多難なものであったのは確かだが、それでもなお、そこには未踏の世界への挑戦という、若者の冒険心に訴える一面も内包していたとすれば、このたびの再度の挑戦がいかに危険をはらんだものであるか、先ほどの彼自身の報告が証言する通りだからである。無謀ともいえるこの最初の冒険だけでも、彼が心身ともに疲労と恐怖の極に達していることも、容易に推察されるところである。

ただ、ここで注目すべきことは、この最終の局面に至って、「国王の娘」の存在がにわかに際立ってくることである。彼女の人となりについては、“mit weichem Gefühl”（XXIV, 139）“mit zartem Erbarmen”（XXV, 150）という詩句によって、その「心優しくきめ細やかな思いやりに満ちた心根」の持ち主であることが示されている通りである。なお、ここで“mit schmeichelndem Mund”（XXIV, 140）として、通常は「相手におもねる、こびへつらう」という否定的なニュアンスで受け取られることの多い“schmeicheln”という語が用いられていることが目に付く。しかし、これも直後の“flehen”（「必死に願う」）という語との関わり、及び前後の文脈から考えて、父親の機嫌を損ねまいとしてあらん限りの気配りを見せて懸命なとりなしを試みようとする、彼女の「心優しくきめ細やかな思いやり」を表すものと解すべきだろう。

その点で見過すことの出来ない重要な役割を果している小道具が、ほかならぬ「盃」である。この「盃」

は、ゲーテのよく知られたバラード、『トゥーレの王』でも老夫妻の不変の愛を象徴するものとして不可欠の働きをしていたが、ここではそれより更に劇的効果を高めるために活用されているように見える。そのことは、この「盃」に今度は、「この上なく高価な宝石を鏤めた指輪」（XXIII, S. 135f.）が添えられていることからも見て取れる。つまり、これによって、「この若者とうら若い乙女の胸に人としての愛の関係」が目覚めたことが暗示されているのである。[26]

しかも、このような得難い女性を「今日のうちにもその腕に抱かせてやろう」というのだから、それを耳にした「若者」が逸り立ち、再度の冒険に挑もうとするのは勢いの赴くところである。このことは、図らずも、「国王の血を分けた娘の若者に対する同情に胚胎する恋心」と、まさにそれによって目覚めさせられた若者の「情熱」を物語り、その分だけ、「国王の意地悪な挑発」を際立たせることになる。[27] そして、そのことは、これまでの自然の猛威を中心にした猛々しい雰囲気から清々しい彩りに満ちたものへ、いわば「暗」から「明」への転換を意味する。言い換えれば、この「若者」は当初は、無理無法な「国王」という権力に果敢に挑戦するという功名心、あるいは義侠心から行動していたものが、ここに至って、若々しい恋心がその原動力になっているのである。即ち、彼の英雄主義はここで世界の不条理に対する正義心から、心栄えめでたき乙女への恋という人間として自然な衝迫へと、質的に大きく変化したのである。

そういう彼の無言のままの心情の動きを、作者は次のように極めて感動的に描写する。

Da ergreifts ihm die Seele mit Himmelsgewalt,
Und es blitzt aus den Augen ihm kühn,
Und er siehet erröthen die schöne Gestalt,
Und sieht sie erbleichen und sinken hin,
Da treibts ihn, den köstlichen Preiß zu erwerben,
Und stürzt hinunter auf Leben und Sterben. (XXVI, 151–156)

すると　この若者は芯の髄まで天上の威力に捉えられ
その果敢な両の眼は稲妻のようにきらめいた
美しき姿した乙女がほほを染めるのを目にし
それがいつしか蒼白になり　くず折れるのを見ては
このかけがえのない宝物を我が物にせんという一念から
生死をかけて飛び込んだ

ここには高揚の極に達した彼の心情が鮮やかに描き出されている。それは先ず、「芯の髄まで天上の威力に捉えられ」という迫力に満ちた一文を見ただけでも明らかである。これによって、彼が「地上に生きる人間のうちに潜む神的な要素、天上的な要素」に促されて、「人間の分際、人間に委任された矩」をも乗り越えて、果敢に死地に赴こうとする心情は言い尽されている。(28) そういう彼を見守る「美しき姿した乙女」が「ほほを染め」、それが「蒼白になり　くず折れる」というのも、色彩感の鮮明な対照と共に、その激しい熱情と息遣いを具象的に描いて余すところがない。これが彼の心に直に映発して、彼は「このかけがえのない宝物を我が物にせんという一念」の赴くままに、文字通り、「生死をかけて」、彼海中に「飛び込」むのであるが、ここに至れば、彼にとってはもはや、自らの「生死」も念頭にないはずである。つまり、この詩節の結びの二行は、「生死をかける」に値する「かけがえのない宝物」を見出し得た「若者」の熱情が、簡にして要を尽した措辞の中に凝縮されていると言ってよいだろう。と同時に、「生死をかけて」という詩句は、現身の死と魂の永遠の勝利を二つながらに体現したこの若者の行く末をさりげなく暗示しているという点でも、まことに心憎い演出というほかはない。

結末

前述した通り、前詩節の終りの一句によって「若者」の最期を予告していた作者は、長大なこの詩の結びの一節では、直前の激情を冷ますかのように、淡々と自然の情景を写し出すことだけに専念する。われわれの「耳に聞えてくる」のは、「寄せては返す波」の音ばかりである。「身を屈めて覗き込む愛するまなざし」はあっても、もはやその主体が明示されることはなく、全ては「満々たる水のうねり」に飲み込まれてしまったかのようである。「ざわめき」つつ「隆起し下降する」という水の音も、この詩の前半部で強調されていた猛々しさはもはやなく、ここで演じられた激情のドラマの余韻を響かせているに過ぎない。主役を演じていた「若者を送り返してくる」はずの潮の流れもないからである（XXVII, 156–162）。

こうして、かくも激しかった一篇のドラマも、開幕当初の激しさとは打って変って、静かに幕を下ろすのである。その動から静への推移のうちに、作者は権力者の暴虐、自然の猛威をリアルに描き出し、それに振り回される群集の実相を露わにしながら、無謀とも見える挑戦から、恋という人間愛に目覚めた若者の姿を通してその英雄的精神、即ち、権威に屈せぬ人間の崇高な美的精神の勝利という作者年来の主題を力動的に、迫真の筆致で描き出してみせたのである。ここには作者の社会批判の視点と、人間本然の個別的心情の動きが無理なく、渾然一体となって溶け合っている点で、この詩は数あるシラーのバラードの中でも出色のものと言ってよいだろう。

註

（1）Berger, Karl: Schiller. Sein Leben und seine Werke. 2. Bd. C.H.Becksche Verlagsbuchhandlung. München 1924. S. 346.
（2）SW. 37, I. S. 63f. Körner an Schiller vom 9. Juli 1797.
（3）SW. 37, I. S. 85. Körner an Schiller vom 30. Juli 1797.
（4）SW. 37, I. S. 60ff. Humboldt an Schiller vom 9. Juli 1797.
（5）Kaiser, Gerhard: Von Arkadien nach Elysium. Schiller-Studien. Vandenhoeck & Ruprecht in Göttingen. 1978. S. 59.
（6）Vgl. Berger: S. 344.
（7）Vgl. SW. 2IIA, S. 608.
（8）SW. 2IIA. S. 608ff.

(9) この詩の典拠については、Viehoff, Heinrich: Schillers Gedichte. Frankh'sche Verlagshandlung. Stuttgart 1895. 3. Teil. S. 5ff. 参照。
(10) Wiese, Benno von: Friedrich Schiller. J. B. Metzlersche Verlagsbuchhandlung und Carl Ernst Poeschel Verlag GmbH. Stuttgart 1959. S. 613.
(11) Kaiser: S. 63.
(12) Berger: S. 350.
(13) Viehoff: 3. Tl. S. 9ff.
(14) Vgl. Viehoff: 3. Tl. S. 17.
(15) Kaiser: S. 61.
(16) Wiese: S. 612.
(17) Viehoff: 3. Tl. S. 12.
(18) Vgl. Viehoff: 3. Tl. S. 11f.
(19) Viehoff: 3. Tl. S. 13.
(20) Viehoff: 3. Tl. S. 14f.
(21) Vgl. Wiese: S. 615.
(22) Viehoff: 3. Tl. S. 8.
(23) Kaiser: S. 62.
(24) Vgl. Viehoff: 3. Tl. S. 13.; SW. 37I, S. 39. (Goethe an Schiller vom 16. 6. 1797)
(25) Kaiser: S. 63.
(26) Vgl. Kaiser: S. 63f.
(27) Vgl. Wiese: S. 614.
(28) Vgl. Kaiser: S. 64.

シラーの友情論――『身代り』

太宰治の『走れメロス』は、その末尾に「古伝説とシルレルの詩から」と明記されている通り、シラーのバラード『身代り』（Die Bürgschaft）を典拠にして書かれたものである。その主題が二人の旧友の揺がぬ信頼と、それを見て長年の人間不信から解放された暴君ディオニュスの人間性回復の物語であることも、すでに周知の通りである。そのことは、この作のフィナーレにおける三者それぞれの言の中に言い尽されている。

「わたしを殴れ。ちから一ぱいに頬を殴れ。私は、途中で一度、悪い夢を見た。君が若し私を殴ってくれなかったら、私は君と抱擁する資格さえ無いのだ。殴れ。」

「メロス、私を殴れ。同じくらゐ音高く私の頬を殴れ。私はこの三日の間、たった一度だけ、ちらと君を疑った。君が私を殴ってくれなければ、私は君と抱擁できない。」

「おまへらの望みは叶《かな》ったぞ。おまへらは、わしの心に勝ったのだ。信実とは、決して空虚な妄想ではなかった。どうか、わしも仲間に入れてくれまいか。どうか、わしの願ひを聞き入れて、おまえらの仲間の一人にしてほしい。」

これがシラーの原作をほぼ忠実に踏襲したものであることは確かだが、しかるに、シラーの場合には、この友愛というモティーフに止まらず、この作を書いた当時の彼に固有の時代意識、あるいは、あるべき社会に対する彼の理想主義が前提になっているようなのである。それについては、シュテンツェルも指摘するように、[1]この作の書かれた時代背景を考えてみる必要があるだろう。

そもそもこの詩は、いわゆる「バラードの年」の一年後の一七九八年に書かれ、翌年の「詩神年鑑」に発表されたものである。ということは、あのバスティーユの襲撃から九年、ルイ十六世が断頭台の露と消えてから五年、ダントンやロベスピエールの処刑から四年経過した時期の作品であることを意味する。[2]これら一連の出来事が、シラーの眼にはフランス革命の挫折と映っていたらしいことは、「この世紀は一つの偉大な画期を生み出した／だが　この偉大な瞬間の見出すものは　一つの卑小な種族に過ぎぬ」[3]という「クセーニエン」中の詩句からも見て取れる。そしてこれが、彼の美学・芸術論集の一つとして名高い『人間の美的教育について』の執筆時期（一七九五）に続いていることも、決して偶然ではないだろう。というのも、ここでは「人間性のもつ道徳的高貴」[4]が強調され、「道徳的世界の事柄がこれほど身近な関心を呼び、また哲学的な探究心も時代状況によって、あらゆる芸術作品の中で最も完璧なもの、即ち、真の政治的自由の確立に没頭するよう極めて強力に要請されている」[5]と主張されているからである。

更には、このバラードの原題が“Die Bürgschaft”となっており、この語がもともと「金融及び債権制度に由来する概念[6]」であり、「保証、担保」を意味することを考えれば、そこには当然、この作者の深い思いが込められているものと思われる。つまり、このタイトルは、人間にとって何が「保証」され、「担保」されれば、本来の人間性が回復され、国家の安寧が確保されるのか、という根源的な問いかけが秘められているように見えるからである。その点でこのバラードは、いささかロマンティック、あるいはセンチメンタルに、変らぬ友愛への讃歌を謳いあげることに終始しているように見える太宰の作とは異なり、モティーフとしてはあくまで個別的な友愛を描くと見せながら、その枠を超えた普遍的な人間性の理想と、それを基にした大きな社会的広がりを蔵しているように思われる。

おおよそこのような視点から、ここではこのバラードの内包する独自な普遍性について考えてみることにしたい。

成立史

この作の素材になった話は、古代及び中世の多数の文献の中にさまざまな異文の形で語り伝えられているようであるが、シラーが直接の典拠としたのは、一七九七年十二月十五日のゲーテ宛の書簡の中で、「多数の悲劇的な寓話を収集した」とされる「ヒュギノスとかいうギリシア人」のことに触れ、「そんな友人がいれば、わたしはそれを立派に活用することが出来るでしょうに」と言って[7]、手持ちの素材の不足を訴えたのに応じて、ゲーテが早くもその翌日に、自分の蔵書の中から送り届けてくれた『ヒュギノスの手元に残された書、シュトラースブルクのヨハネス・シェッフェル編』(“Hygini Qoue hodie extant, adcurante Joanne Scheffero Argentoratensi" 1674）という書物であった。その中の第二五七番目に収められた"Qui inter se amecitia junctissimi fuerunt"（「極めて大きな友情によって互いに結び付けられた男たち」）と題する寓話が、シラーのバラードの基となっているのであるが、その話とは次のようなものであった。(8)

メロスは暗殺の失敗後、ディオニュシウスの前に連行され、磔刑を科せられる。それに対して彼は、妹の結婚式を執り行うために三日間の猶予を乞い、自分の身代りとして親友のセリヌンティウスを差し出すことを申し出る。この親友は、メロスが荒天と洪水のために帰路を阻まれ、自分が早くも処刑の場へ引かれて行く時になってようやく帰着するにも関わらず、最後の最後まで友の信実を疑うことはない。これを見て国王も両者を呼び寄せ、メロスの助命を叶えた上で、自らもこの友愛の輪の中に加えてくれることを望むに至る。

シラーはこの話をほぼ忠実に踏まえながら、一七九八年八月二十七日にこの話をバラードに作り変えることに着手し、(9)その三日後には「ストーリーの緊張感と、ヤンブス及びアナペーストの組み合わせによる韻律図式との間の見事な照応」(10)という手際を発揮して、一篇の詩に仕立て上げたわけだが、その完成後、彼は早速『龍との戦い』というバラードと一緒にこの詩をゲーテに送り、同封した手紙の中で「わたしは、自分がこの素材の中に含まれていた主要なモティーフを残らず汲み出すことに成功したのかどうか、知りたくてたまりません」(11)と書き添えて、ゲーテの判断を仰いでいる。

対するゲーテは、「雨の日に大河の流れから脱出した人間が、のどの渇きのために命を失おうとするようなことは、生理学的な面からしてあまり起り得ないのではないでしょうか」と言って（これはこの詩の第Ⅻ詩節に関連して言われたものと思われる…筆者注）、細部における問題点を指摘しながらも、この時送られた両作品とも「上首尾」だとして、その真価を正当に評価している。[12] 畏友のこのような助言が最終稿でどのように生かされたかという点にも留意しながら、以下、テキストに即してこのバラードを検討していくことにしよう。

ストーリーの発端――主題の提示

さて、このバラードは冒頭の二詩節によって、早くもわれわれにこの詩全体に関わる主題を提示してみせる。

Zu Dionys dem Tirannen schlich
Möros, den Dolch im Gewande,
Ihn schlugen die Häscher in Bande.
Was wolltest du mit dem Dolch, sprich!
Entgegnet ihm finster der Wüitherich.
“Die Stadt vom Tyrannen befreien!”
Das sollst du am Kreutze bereuen.

Ich bin, spricht jener, zu sterben bereit,
Und bitte nicht um mein Leben,
Doch willst du Gnade mir geben,
Ich flehe dich um drey Tage Zeit,
Bis ich die Schwester dem Gatten gefreit,
Ich lasse den Freund dir als Bürgen,
Ihn magst du, entrinn ich,erwürgen.（I,1–II,14）

僭主ディオニュスの許へ　短剣を着衣に隠し持ち
メロスは忍び寄ったが
廷吏どもにからめ取られた
「その短剣で何をしようとしたのか　白状せよ！」との声に
義憤の士は陰にこもった声で
「この町を僭主の手から解き放たんとて！」と応じた
「十字架の上で吠え面かかせてやろうぞ」

「もとより死は覚悟の上」と彼は言い返す
「命乞いするつもりはない

だが　情けをかけてくれるというのなら
三日の猶予を願いたい
その間に妹を亭主殿に娶わせたいのだ
わが友を身代りに差し出そう
違背のことあらば　その友を縛り首にしてもらおう」

全二〇詩節にわたってa—b—b—a—a—c—cという押韻と、ヤンブス（抑揚格）とアナペースト（抑抑揚格）の組み合わせという韻律図式で一貫したこの詩は、「簡にして要を得た両者の対話」を通して、「僭主の陰鬱で過酷な心性とメロスの男らしく果断な誇り」(13)を浮き彫りにしながら、一挙に物語の核心へと迫る。

ところで、われわれが前に見た『ポリュクラテスの指輪』とは違って、ここでは早々と主役二人の固有名詞が明示されているが、そのことは当然ながら、この物語に具象性を持たせる点で不可欠の措置と言える。そして、その二人の一方を「僭主」、他方を「義憤の士」と規定していることからも、この物語の主題と構造はすでに明らかである。即ち、主役のメロスの目的は「この町を僭主の手から解き放たん」という一念に尽き、その初志を貫徹するために、彼は「短剣を着衣に隠し持」って、「僭主ディオニュスの許へ」忍び寄るという行動に出るのであるが、あえなく「廷吏どもにからめ取られ」てしまう。このような行為が死に値する大罪であることは、「十字架の上で吠え面かかせてやろうぞ」という詩句を見るまでもなく、容易に想像されるところである。

そのことは、当の本人も「もとより死は覚悟の上」のことであり、「命乞いするつもりはない」と断言する通りなのであるが、彼にとって唯一の気がかりは、「妹を亭主殿に娶わせたい」という極めて人間的な関心事であった。その願いを叶えるために残された唯一の手段が、「わが友を身代りに差し出す」ことであり、「違背のことあらば　その友を縛り首にして」も構わないという誓約である。たとえ妹の婚礼のためという肉親の情に発するものとはいえ、当人の同意も得ないままに、友人を「三日の猶予」と引き換えに自分の「身代り」にし、しかも、万一の場合は、彼を「縛り首」にしても構わないというのだから、この申し出の身勝手さ、唐突さは言うまでもない。

これを聞いた「国王」が「邪まなたくらみ」を胸に秘めて「ほくそ笑」み、「束の間の考慮」の後に、申し出の通り、「三日の猶予を与えよう」と応じるのも、当然のことだろう（III, 15ff.）。彼の立場からすれば、この申し出の実現不可能性は余りにも明らかであり、「彼はメロスが舞い戻って来るどころか、友を死の手に委ねることになるだろうと思い込んでいる[14]」からである。彼の日頃からの信条に照らしても、何よりも先ず、確約のないままの友情など、とうてい信じるに値せず、また、「三日の猶予」の間に、当のメロスがわが身可愛さに心変りして、逃亡を図るだろうという、人間としての弱さの方が念頭にあったと解しても不自然ではないだろう。つまり、「人間の卑小さに対する悪魔的な確信によって、この僭主は捕らえられて死罪の刑を下された暗殺者の申し出に同意する[15]」というわけである。それでなければ、「束の間の考慮」の後で彼がかくもあっさりと、自分の暗殺を企てた相手の申し出を受け入れることはないはずである。彼が「ほくそ笑む」のは、「欺かれた友に残酷な仕打ちをすることの方が、犯人自身を処罰するよりも価値の高い悪の楽しみを意味する[16]」ものであり、自らの年来の「人間の誠実さという理想に対する根深い不信[17]」の正当さを実証する好機が、図らずもこのような形で到来したことに対する満足感からなのである。

一方のメロスからすれば、これとはまさに正反対に、日頃からの自らの友情に対する揺ぎない確信があったからこそ、何のためらい、疑念もなく、瞬時に「わが友を身代りに差し出す」ことが出来たのである。

この人間性への信と不信のせめぎあいこそがこの詩の主題なのであり、作者は早くも出だしのこの場面において、簡潔な両者のやりとりの中にこの対立構造を浮び上がらせ、劇的緊張感を盛り上げて、一篇のドラマを展開させていこうとするのである。「シラーのバラードは叙事的、演劇的要素が抒情的要素を凌駕している特殊な芸術形式を現出している[18]」と評されるゆえんである。まさに天性の劇作家シラーの本領発揮と言ってよいだろう。

ところで、ここでわれわれの目を惹くのは、この詩のキーワードとも言うべき「友（Freund）」という語が全体でちょうど一〇回も使われているにも関わらず（但し、一一七行目は自他両用の意で用いられているが、これについては後述するつもりである）、これが常に普通名詞のままであり、一度も固有名詞では呼ばれていないことである。これが、冒頭の一節で早くも主客二人に固有名詞が用いられていることと好対照を成すものであることは言うまでもないが、そこには当然ながら、作者の深い意図が秘められているものと思われる。

それは一つには、全体で五回用いられる「僭主」（Tyrann）という語と対比させ、両者の対立構造を鮮明にさせるという、演劇的戦略に因るものであろう。より本質的には、この語に固有名詞を用いることは、その「友」を特定の人物に限定することにつながることを恐れたからではないかと思われる。つまり、作者はこの語によって、先ほどの「人間性の道徳的高貴」という根源的かつ普遍的価値を象徴させ、それによってこの詩の主題を定着させようとして、敢えて普通名詞のままで通そうとしたのではないかと推測される。このように周到な準備をした上で、作者はいよいよ真の主役であるその「友」を舞台の上に招き寄せるのである。

「友」の登場

いわば事後承諾を得るために「友」の許へ赴くメロスと、その「友」との出会いの場面を作者は次のように印象的な筆致で描き出す。

Und er kommt zum Freunde: "der König gebeut,
Daß ich am Kreutz mit dem Leben
Bezahle das frevelnde Streben,
Doch will er mir gönnen drey Tage Zeit,
Bis ich die Schwester dem Gatten gefreit,
So bleib du dem König zum Pfande,
Bis ich komme, zu lösen die Bande."

Und schweigend umarmt ihn der treue Freund,
Und liefert sich aus dem Tyrannen,
Der andere ziehet von dannen.
Und ehe das dritte Morgenroth scheint,
Hat er schnell mit dem Gatten die Schwester vereint,
Eilt heim mit sorgender Seele,
Damit er die Frist nicht verfehle. (IV, 22–V, 35)

　さて彼は友の許に赴いて告げる：「国王の命により
ぼくは十字架に架かり　不埒な企ての罪を
この命で償う羽目になった
だが王は　ぼくが妹を夫に娶わせるまで
三日の猶予を認めようと言う
どうか　王の人質になってはくれまいか
ぼくは必ず舞い戻り　そのくびきの縄をほどくから」

　果して誠の友は　無言のまま彼をかき抱き
進んで僭主の前にまかり出る

一方はそこを立ち去って
三日目の夜が明けぬ間に
手早く妹を夫に結ばせるや
刻限に遅れまいと
焦慮に駆られて帰路を急ぐ

前述の韻律に乗せて描出されるこの場面は、一切の無駄を省いた措辞と、大半が現在形の定動詞というリズム感とが相俟って、小気味よいテンポで一気に問題の核心を浮び上がらせている。その点で、三行目の“schnell”という一語は、きわめて効果的な働きをしている。この語が直接には、「妹」の婚礼に関わるメロスの言動の「手早さ」を印象付けるものであることは言うまでもないが、そのことは、この場面全体の進行にも妥当すると思われるからである。

例えば、一連の事情を説明するメロスの言は、簡にして要を得ていて余すところがない。それは、彼の説明と要請を耳にする「友」の言動に関しても同様である。即ち、この「友」は、自らの一命に関わる依頼に対して、「無言のまま」で相手を「かき抱」くや、早くも「進んで僭主の前にまかり出る」というのだから、その態度はまことに決然として、逡巡の入り込む余地もない見事さである。ここでとりわけわれわれの目を惹くのは、“schweigend”という一語である。これによって両者の日ごろからの「徹底的に緊密で、信頼に満ちて堅固な友情[19]」という「道義的法則が疑問の余地のない自然と化した[20]」ことが自ずから明らかにされるからである。換言すれば、これは千万言にも勝る雄弁さを秘めた一語であり、作者はこれによって、この詩一篇に関わる主題を明確に提示し得たと言っても過言ではないだろう。その意味で、この第Ⅴ詩節の冒頭の二行こそ、この詩の白眉であり、その後の事態の進展も、その帰結も、すべてはここに発し、ここに帰するのである。

こうして作者はこのような迫真の場面を演出した上で、以下の展開を急速調で描写していくことになる。

メロスの苦難の道のり——天災

「息詰まるような時間との競争と、次々に外部から行く手に立ちはだかる危難との戦い[21]」で始まる第Ⅵ詩節以下、第Ⅻ詩節に至る計四九行に及ぶ詩句は、専ら、後事を託してこの町を出て、一刻も早く舞い戻って来ようとするメロスの言動を描くことに費やされるが、当然予想されるように、彼の前には大きな障害が横たわっている。それは大別して、第Ⅵから第Ⅸ詩節において描写される自然の猛威＝天災と、第Ⅹから第Ⅻ詩節において登場し、彼の帰路を阻む盗賊団＝人災の部に二分される。このような場面の設定がこの詩の劇的興趣、即ち、「物語の叙事詩的な流れとストーリーの劇的な進行[22]」を盛り上げ、手に汗握る緊張感を高めるのに不可欠のものであることは、改めて断るまでもない。ここにも劇作家としてのシラーの手法は躍如としているが、ここでは先ず、メロスの行く手を阻む自然の猛威について見て行くと、それは次の如くである。

Da gießt unendlicher Regen herab,
Von den Bergen stürzen die Quellen,
Und die Bäche, die Ströme schwellen.
Und er kommt an's Ufer mit wanderndem Stab,
Da reisset die Brücke der Strudel hinab,
Und donnernd sprengen die Wogen
Des Gewölbes krachenden Bogen.（VI, 36–42）

しのつく雨は果てもなく降り続き
山々からは滝つぼの水がたぎり落ちて
小川も大河も水かさを増すばかり
旅の杖を頼りに岸辺に辿り着きはしたものの
逆巻く渦は橋ごと引きちぎり
怒涛の大波はとどろく音響で
丸天井のアーチをバリバリとうち砕く

ここには、帰路を急ぐメロスの真情を一蹴するかのように荒れ狂う自然の猛威が、アナペーストを巧みに織り込んだ韻律技巧によって切迫感をかもし出し、再三にわたって“Und”を文頭に配置することによって喘ぐようなメロスの息遣いを演出しながら、寸分の緩みもない筆致で活写されていることは、ヴィーゼも指摘する通りである。(23) その表現効果は、“(unendlicher) Regen”“die Quellen”“die Bäche, die Ströme”“der Strudel”“die Wogen”という量的圧迫感を表す名詞群、“gießt herab”“stürzen”“schwellen”“reisset hinab”“sprengen”という圧倒的な動きを示す動詞群、そして“donnernd”“krachend”という凄まじい音響効果を引き出す副詞群から成る配合の妙によって倍化される。これが七行から成るこの詩節を前後から取り囲み、詩節中央の「旅の杖を頼りに岸辺に辿り着きはしたものの」という一行を孤立させ、メロスの置かれた状況の頼りなさをひときわ鮮やかに浮き彫りにさせている。その点で、“mit wanderndem Stab”という一句は、まさにメロスの身の危うさを象徴して、絶妙の効果を発揮している。この一句がいわば導火線となって、次節では、これに追い討ちをかけるかのように、彼の置かれた絶望的な状況がいよいよ具象的にわれわれの前に明らかにされていく。

即ち、彼は「どんなに遠くをうかがい　眼をこらし／大声上げて呼ばわっても／為す術もなく　岸辺の端をさまよう」ことしか出来ない状況に追い込まれていくのである（VII, 43–45）。ここではわれわれが「為す術もなく」と訳した“trostlos”という一語がとりわけ印象的であるが、それも道理、彼はここでまさに絶体絶命の窮地に陥るのである。というのも、そこには、「かれを望みの地へ渡してくれる」ような「小船」一つ見当たらず、「はしけを操る水夫《かこ》」の姿もないからである（VII, 46–48）。ここで“Nachen”“Fähre”という、いずれも粗末で頼りない「小船」を意味する語が用いられ、しかもそれすらも「見当たら」ず、それに追い討ちをかけるかのように、「激しい河流は海となる」（VII, 49）というのだから、メロスの置かれた状況は一目瞭然である。

果せるかな、万策尽きた彼には、「岸辺にうち伏し両手をゼウスの方に挙げて／泣き喚き　必死の形相で／〈おお　逆巻くこの流れを止めたまえ！〉と祈る」ことしか出来ない（VIII, 50–52）。その間にも「時の流れ」は容赦なく、「急ぎ足」で過ぎていき、早くも「太陽は天中に達し」て（VIII, 53f.）、いやが上にもメロスの焦燥を掻き立てずにはおかない。「……日が落ちても／おれが町に辿り着けぬなら／わが友は　はかなくなるほかはない」（VIII, 54–56）のは自明のことだからである。こうして彼を進退窮まる状況にまで追い詰めた上で、作者はメロスの取った最後の手段をドラマティックに描き出す。

Doch wachsend erneut sich des Stromes Wuth,
Und Welle auf Welle zerrinnet,
Und Stunde an Stunde entrinnet,
Da treibet die Angst ihn, da faßt er sich Muth
Und wirft sich hinein in die brausende Flut,
Und theilt mit gewaltigen Armen
Den Strom, und ein Gott hat Erbarmen.（IX, 56–63）

だが大河の怒涛は水勢を増す一方で
波また波は砕け散り
時は刻々と流れゆく

彼は不安に駆られ　勇を鼓して
逆巻く水に身を投じ
両の腕で懸命に流れをかき分ける
そしてついには　一人の神も憐みを催した

この詩節においても、作者は「水勢を増す一方」の「大河」のダイナミックな流動に筆を尽す一方で、その流れに乗るかのような勢いで無情な「時」の経過に言い及ぶことを忘れない。これによって、一刻の猶予も許されないメロスの「不安に駆られ」る切迫した心の動きが無理なく印象付けられることになるのである。その結果、彼はついに「勇を鼓して」「逆巻く水に身を投じ」るのであるが、この六〇行目で対置されている“Angst”と“Muth”の対比の鮮やかさは、心憎いばかりの演出と言うほかはない。これによってわれわれは、この時のメロスの心理の動きが、その拍動まで聞き取れるような感がするからである。「両の腕で懸命に流れをかき分ける」という「超人的な努力によって親友に対する信実を固守[24]」しようとする彼の姿を見ては、さすがに「一人の神も憐みを催した」というのも当然だろう。この詩節に置かれた「憐み」（Erbarmen）の一語がひときわ印象的なゆえんである。

なお、ここで“ein Gott”として不定冠詞が用いられているのがいささか気になるところであるが、これは一つには、前述した韻律図式上の要請によるものと思われる。より実質的には、先ほどの五一行目で「ゼウス」の名が挙げられていたことから推して、ここでは、数あるギリシアの神々の中の第一人者としての、頼りになり得る「ただ一人の神」の意でこの語が用いられているものと解しておきたい。

いずれにしても、この最後の一文によって、危地を脱したかに見えるメロスだが、後半部への転換部とも言うべき第X詩節を見れば、事はそう簡単ではないことが分る。

相次ぐ苦難——人災

前述の「一人の神」の「憐れみ」によって、ようやく「岸辺に辿り着き　先を急いでは／救いの神に感謝を捧げ」るメロスだが（X, 64f.）、前詩節の余韻に浸る暇も有らばこそ、彼には更にもう一つの危難が待ち受けている。つまり、第Ⅵ詩節以下ここまでの詩句では専ら、人間の力ではいかんとも為しがたい自然の威力を見せつけることに焦点が当てられていたのに対し、この第X詩節を転機として、作者は人間界の暴力という、意想外の障害について筆を尽すことになる。まさに一難去ってまた一難という場面転換の妙もさることながら、作者がメロスの前に次から次へと難題を課すのは、作者自身、真の「友愛」の実現がいかに困難であり、それだけに貴重なものであるかを身をもって痛感していることの反映でもあるだろう。劇的興趣を盛り上げるというドラマトゥルギー上の要請が与っていることは無論である。

ともあれ、第二の苦難は次のように描き出される。

…

Da stürzet die raubende Rotte
Hervor aus des Waldes nächtlichem Ort,

Den Pfad ihm sperrend, und schnaubet Mord
Und hemmet des Wanderers Eile
Mit drohend geschwungener Keule. (X, 66–70)

……

この時　盗賊の一団が突如として
森の暗がりから躍り出るや
行く手を阻み　殺すぞと息巻き
棍棒を振り回して威嚇し
先を急ぐ旅人を妨げる

この一節の文意については一読明らかだが、それにしても、不意に「森の暗がりから躍り出」て、メロスの「行く手を阻」もうとする一団の言動は迫力に満ち満ちている。その迫真力をもたらしているのは、ひとえに、ここで畳み掛けるように多用されている動詞系の詩句に由来する。ここでその不定形を順に列挙すれば、“hervorstürzen” “rauben” “sperren” “schnauben” “hemmen” “drohen” “schwingen” といった具合である。これらの動詞群の相乗効果によって、「先を急ぐ旅人」の身が風前の灯さながらの状況にあることがリアルに現出される、というわけである。

これを見ては、さすがのメロスも「驚愕に血の気も失せ」るというのも当然であろう (XI, 71)。しかし、その「驚愕」も束の間のことで、彼は早くも気を取り直し、「おれにはこの命のほかにはない／その命も王に捧げねばならぬのだ」と言い放つや、「すぐそばの奴からすばやく棍棒をもぎ取」って、防戦することになる（XI, 72–74）。彼の行動の機敏さは七四行目の“gleich”という一語から見て取れるが、彼がこのような挙に出るに至ったのも、「友のために」という一念からにほかならない。即ちこの“Um des Freundes Willen”という一句には、メロスの「命」を懸けた思いが込められているのである。その結果、彼は「裂帛の打ち込みにより三人の敵を／打ち倒し　残りの者は退散する」ところまで挽回し、ようやく死地を脱するに至る（XI, 76f.）。

この思わぬ災厄がいかに彼の心身を疲労困憊させるものであったかについては、「そして果てしない苦闘に／疲れ果て　膝も崩れ落ちた」という一句に言い尽されている（XII, 79f.）。しかるに、彼にはここでその疲労を癒して、時間を無駄にすることは許されず、一刻を争う身であることは、誰よりも彼自身がよく自覚しているところである。「おお　おんみは恩寵によってこの身を盗賊の手から／大河の流れから救い出し　聖なる地へと導きながら／わたしをここで力尽きて滅びさせ／わが親愛なる友を死なせようというのか」（XII, 81–84）という詩句には、この場における彼の悲痛な心情が凝縮されている。そして、一身賭けたこの訴えに呼応するかのように、彼には束の間の安息が恵まれるかのように見える。それというのも、「疲労困憊」（verschmachtend, XII, 83）している彼の耳元の「間近」に、「せせらぎのよう」な音が聞えてきて、彼が「立ち止まって耳を澄まし」てみると、「果せるかな　岩間からにぎやかに勢いよく／生命の泉が滔々と湧き出」していたからである。彼が早速「喜んでかがみこん」で、その湧き水で「四肢の火照りを鎮め」たのは言うまでもない（XIII, 85–91）。

こうして、人心地ついた眼で改めて周りの風景を眺めてみれば、「太陽は緑の小枝から顔を覗かせ／まぶしいばかりの草地の上に／天を摩す木々の影模様を織り成し」て、彼の前途を祝福するかのような光景が広がっている（XIV, 92–94）。この第XIII詩節から第XIV詩節前半に至る事態の展開を見れば、メロス自身の心身の回復は無論のこと、このドラマの展開を見守るわれわれにも、しばしの安堵をもたらして、全編に満ちわたる緊張感から解放してくれる感がある。それもこれも、実は、作者の計算し尽されたドラマトゥルギーによるものなのである。つまり、作者はここで、束の間の安息によって場面の変化を演出した上で、後半の興趣を盛り上げようとしているのである。

案の定、「二人の旅人が道を歩いて行くのを目にし」たメロスが、「急ぎ足で追い抜こう」とした瞬間、彼は「今頃あの男は磔に架けられることだろう」という「旅人の言葉を耳にす」る羽目になる（XIV, 95–98）。これが彼にとって、息の根を止められるような重大な内容を持つものであることは言うまでもない。即ち、このような場面を準備することによって、作者はわれわれの関心を後半の山場へとつないでいくのである。

最後の山場

旅人の噂話を聞いたメロスが、矢も盾もたまらず駆け出して、先を急ぐのは自然に予想されるところであるが、その様子を描き出す作者の筆致は次の通りである。

Und die Angst beflügelt den eilenden Fuß,
Ihn jagen der Sorge Qualen,
Da schimmern in Abendroths Strahlen
Von ferne die Zinnen von Syrakus,
Und entgegen kommt ihm Philostratus,
Des Hauses redlicher Hüter,
Der erkennet entsetzt den Gebieter: (XV, 99–105)

すると　不安のあまり先を急ぐ足には羽が生え
憂慮の念がその足を追い立てる
頃しも　遠くにはシラクーザの鋸壁が
夕焼けの光にちらついている
この時　王家の忠実なる番兵
フィロストラトゥスが迎え出て
主君のことを知り尽した彼は　肝をつぶしてこう告げる：

ここでは何よりも先ず、“Angst”“Sorge”“Qualen”という彼の「不安」な心の動きを示す名詞が重用されていることが目を惹く。それに拍車をかけているのが、“beflügelt”“eilend(en)”“jagen”という動詞系の語の多用である。これによって、一刻の猶予も許されないメロスの状況は、いやでも鮮やかに浮き彫りにされてくる。それとは対照的に、「夕焼けの光」に包まれて、「遠く」に「ちらついている」「シラクーザの鋸壁」は傲然として、彼の焦慮をあざ笑うかの如くである。とりわけ、ここで一見さりげなく置かれているように見える“von ferne”という副詞句は、絶妙な効果を見せている。というのも、これによって、一刻を争うメロスと、その目指す目的地との隔たりの大きさがくっきりと浮び上がるからである。しかるにその一方で、無限とも思われたその距離も、一挙に縮められて、メロスは早くも王城の門前に帰り着く。その急速な動きを実現させているのは、ここでもまた、現在形で一貫した動詞による絶妙な表現効果にほかならない。

ともあれ、こうして必死の思いで辿り着いたメロスを「出迎え」たフィロストラトゥスの一言は、メロスにとって致命的な一撃となる。日頃から自分の仕える「主君のことを知り尽し」て、その厳命の動かし難いことに「肝をつぶし」ているフィロストラトゥスだけに、その言には千金の重みがあり、事態の深刻さは火を見るよりも明らかとなる。

前後の事情を告げるそのフィロストラトゥスの言葉とは、「引き返せ！　もはや友の命を救うことは叶わない／せめて自らの命を救うがよい！／彼の命はまさしく風前の灯なのだ／彼は今か今かと望みを捨てず／おまえの帰還を待ちわびていた／僭主の侮りも　凛とした／彼の信念を奪うことは出来なかった」というものであった（XVI, 106–112）。

これによって、最後の最後まで「凛とし」て「信念」を失わず、メロスの「帰還を待ちわびていた」というこの「友」の、相手を信じて疑わぬ毅然とした人柄が、改めてわれわれの前に印象づけられる。

と共に、もはや動かし難い現実の壁の厚さも思い知らされることになる。この期に及んで発せられる「約束に遅れて　彼の命の懸かったおれが／喜び勇んで　姿を現すことが叶わぬならば／死によって　二人が一つに結ばれることを願うばかりだ／友が友に務めを破ったからといって／血に飢えたあの暴君に名をなさしめてはならぬ／そのときは　二人ながらに犠牲として屠らせて／われらが愛と誠の真実を悟らせてやろう」（XVII, 113–119）というメロスの言は、まさに血を吐く悲痛さに満ちている。と同時に、最期の最期まで「友」と「友」との「務め」を果そうとする「愛と誠」に生きる彼の人となりもはっきりと見て取れる。

　しかし、その間にも時間の歩みは容赦なく進行し、「身代り」となった「友」の命は刻一刻と最期の時を迎えようとしているのである。その感動的なフィナーレの場面は以下の通りである。

大団円

Und die Sonne geht unter, da steht er am Thor
Und sieht das Kreutz schon erhöhet,
Das die Menge gaffend umstehet,
An dem Seile schon zieht man den Freund empor,
Da zertrennt er gewaltig den dichten Chor:
“Mich Henker! ruft er, erwürget,
Da bin ich, für den er gebürget!”

Und Erstaunen ergreifet das Volk umher,
In den Armen liegen sich beide,
Und weinen für Schmerzen und Freude.
Da sieht man kein Auge thränenleer,
Und zum Könige bringt man die Wundermähr,
Der fühlt ein menschliches Rühren,
Läßt schnell vor den Thron sie führen.

Und blicket sie lange verwundert an,
Drauf spricht er: Es ist euch gelungen,
Ihr habt das Herz mir bezwungen,
Und die Treue, sie ist doch kein leerer Wahn,
So nehmet auch mich zum Genossen an,
Ich sey, gewährt mir die Bitte,
In eurem Bunde der dritte.（XVIII, 120–XX, 140）

その間にも陽は傾き　メロスは門前に佇んで
早くも　十字架が立ち上げられる様を見つめる
群集はぽかんと口を開けて周りを取り囲む

早くも友は綱に縛られて吊り上げられる
このときメロスは　密集した群集を掻き分けて
大声で訴える　「お役人方　このわたしを磔に架けてください
身代りを頼んだ張本人が参上したのですから！」

これを聞くや　周りの民衆は驚嘆に襲われ
両人は相い抱いて　伏しまろび
悲痛と歓喜にむせび泣く
これを見て涙を流さぬ者はなく
この奇跡の知らせを受けた国王は
人間的な感動を覚え
直ちに両人を玉座の前に呼び寄せる

信じ難い思いでまじまじと二人を見つめた挙句
王はおもむろに口を開く：「汝らは見事にやり遂げた
汝らはこの心を打ち負かした
人の誠　これは断じて空しい夢ではない
どうかこのわしも仲間に入れてくれ

この願いを聞き入れて
三番目の仲間にして欲しいのだ」

この第XVIII詩節で展開される場面は、「その間にも陽は傾き」と歌い出される通り、何よりも先ず、時間の切迫が強調される。その点で注目されるのは、“die Sonne”という同じ語が第XII、第XIV詩節の冒頭に続いて、この第XVIII詩節の冒頭で三度《みたび》繰り返されることである。前の二回はいずれも「真昼の太陽」であったのに対し、この三番目の太陽は「日没」を象徴するものであり、その分だけ、メロスに残された時間が差し迫っていることを暗示するものとなっている。これが見る者に手に汗握る緊迫感を感じさせる不可欠の契機となっているのは無論だが、ここで二度繰り返される“schon”という副詞は、その緊迫感をいやが上にも高める上で絶妙な効果を発揮している。併せて、すべての定動詞が現在形で一貫されていることが、事態の急速な進行を実現していることについても、すでに再三触れた通りである。このような周到な舞台装置が整えられているからこそ、「身代りを頼んだ張本人が参上した」と「大声で訴え」るメロスの最後の発語が、ひときわ真に迫って響くことになるのである。

そしてそのことが、これに続く第XIX詩節で、「周りの民衆」の心に「驚嘆」の念を呼び起すのも、むしろ自然なことだろう。ただ、ここで主役の二人が「むせび泣く」要因として、「悲痛」と「歓喜」という、本来相反する語が併置されていることがわれわれの眼を惹かずにはいない。とりわけ、「悲痛」という語は、一見この大団円の場には似つかわしくないと思われるからである。

察するに、これは、① 一つには、幾多の苦難に見舞われたメロスの苦闘を気遣う「友」のいたわりに発するものであろう。② 一方、メロスの側からすれば、自分の「身代り」をいささかの疑念、逡巡もなく受け入れて、従容として死に臨もうとするこの「友」のそれまでの「苦痛」に対する一方ならぬ思い入れによるものと思われる。③ 更には、こうして無事に再会を果し得ても、程なく死に処せられるメロスの身の上に対する両者それぞれの心情が投影されているものであろう。④ しかるに、そのような試練にも関わらず、それを物ともせず互いの友情の揺ぎない信実を、互いに自らの身を以って実証し得たことに対する思いが、この「歓喜」という一語に凝縮されたものと思われる。

これについてベルガーが、「世界のあらゆる恐ろしい出来事よりも強力で、死よりも強大な信実の勝利、生得の自己保存本能に対する道義的精神の凱歌が『身代り』の核心である」と評するのは[25]、至当なことであると言ってよいだろう。そして、このような肉体の死をも恐れぬ二人の「友愛」が、敵役の「暴君」の心に「人間的な感動を覚え」させる唯一にして最大の要因となったのである。

そう見れば、最後の第XX詩節で、この「王」が「汝らは見事にやり遂げた／汝らはこの心を打ち負かした／人の誠　これは断じて空しい夢ではない」と告白せざるを得なかった心情も自然に理解されるだろう。ここにはまさに、「人間性の尊厳が守られたことによって、僭主も打ち負かされ[26]」る事の次第が表白されている。つまり、フィーホフも言う通り[27]、「人の心の誠が断じてたわごとでない」ことを身を以って証明したメロスの言動を目の当たりにしては、さしもの「暴君」の人間不信も打ち砕かれ、彼自らの中に潜む善意と高貴さに対する感覚を呼び覚ました、というわけである。これが彼が「三番目の仲間」として友情の「同盟」に加入するための必須の条件であることは、自ら深く自覚しているところである。とは即ち、これによって、「これまで支配と隷属が専らであったところに、市民が同等の市民として向い合う」[28]ことが実現されることになる。言い換えれば、「メロスが最初に挫折したこの町の僭主からの解放が、逆説的に最後になって成功する」ことになるのである。[29]こうして、フランス革命が目指した「自由、平等、博愛」の理想が「人間の信実」によって実現されたことを暗示して、[30]この長い友愛劇も「感動と劇的な幕切れ[31]」を演出しながら、目出度く大団円を迎えるのである。

以上見て来た通り、シラーは二〇詩節一四〇行に及ぶこのバラードによって、メロスとその「友」との生死をかけた友愛劇をドラマティックに演出しながら、それが太宰のような単なる個別的な友情の美というレベルに止まらず、普遍的な人間性の信実を鮮やかに描き出している。ヴィーゼは「シラーにとって友情は最高の価値を意味していて、理想主義のあらゆる実現は多かれ少なかれ終始これと結びついていた」として、「シラーが友情にこのように大げさなほどの勝利する力があると信ずるのは、彼の宗教に属するものである」と言い、このバラードを「友情についての寓話的な物語り」と呼ぶが、[32]しかし、これは単にシラーの「理想主義」や「宗教」の域に止まるものではなく、彼にとってこの友情とは、あの「クセーニエン」に関わるゲーテとの共闘を初めとして、フンボルトやケルナーなどの優れた友人たちとの間に結ばれた「真の人間性に満ちた友情[33]」という、シラー自身の実感に裏打ちされたものであると見るのは、決して不当なことではないだろう。

即ち、彼はそれらの友人たちとの生産的な交流の具体相を念頭にありありと思い浮かべながら、それを個別的な友愛の次元を超えて、その普遍的な意義を強調しようとしたものと思われる。彼が終始一貫してこの「友」に固有名詞を与えず、普通名詞で通した真意もまさにそこに由来すると考えてよいだろう。その点で彼は確かに、「彼の内面全体を激しく動かしている純粋に捉えられた理念を、感覚的な具象性をふんだんに盛り込んで顕現させようとし、理念的な内容を立体的な充溢、描写の明澄性、独自の色づけによって、きわめて生彩ある見解として表明しようと努める詩人[34]」であったのである。

しかも、それが一篇の友情賛歌の域を超えて、治世者の備えるべき根源的要件となっていることには、当時の政治的状況に対する彼の痛切な批判精神が息づいていることについても、すでに本章の冒頭で述べた通りである。その点でこのバラードは、まさに「人間性の道徳的高貴」を「真の政治的自由の確立」のための欠かせぬ前提と捉える「美的なものへの教育者としての詩人[35]」たるシラーの「人間の美的教育」のための果敢な詩的実践であったと言ってよいだろう。換言すれば、「彼の詩的、哲学的世界像は分析的、論理的認識の領域に止まってはいず、時代の能動的、自己決定的陶冶に突き進んでいった[36]」のである。

ところで、デンマークに亡命中のブレヒトが『シラーの詩「身代り」について』という自作の詩において、「おお高貴な時代よ、おお人間的な振る舞いよ！」「そのような振る舞いは契約を神聖なものにする」と称えているように見えるのも[37]、一面、そこに人間の道義的理想の実現を素直に喜んだからだと思われる。その半面で、ナチズムの暴虐を身を以って味わった彼にとって、これが言うは易く、行なうは難い理想に過ぎぬという苦々しい認識がわだかまっていただろうことも容易に推察されるところである。それがシラー自身の認識でもあったことは、右の詩句の中で「奇跡の知らせ」という一語が用いられているところからも明らかである。その点でシラーは、シュテンツェルも言う通り[38]、あくまでも「人間の失われた自然を、自らの時代の理想として眼前に提示する情感的詩人」の典型なのである。逆に言えば、彼の詩はその分だけ、道義性の欠如が深刻な課題となっている現代に生きるわれわれにとっても、改めて味読するに足る普遍的課題を問いかけているようにも思われるのである。

註

（1）Vgl. Stenzel, Jürgen: Über die ästhetische Erziehung eines Tyrannen. Zu Schillers Ballade *Die Bürgschaft*. In: Gedichte und Interpretationen. Bd.3. Klassik und Romantik. Hrsg. Von Wulf Segebrecht. Phillip Reclam jun. Stuttgart. 1984. S. 176.
（2）Vgl. Stenzel: S. 176.
（3）SW. 1. Bd. S. 313.（Der Zeitpunkt.Musenalmanach für das Jahr 1797.）
（4）SW. 20. Bd. S. 309.
（5）SW. 20. Bd. S. 311. なお、これについては、Martini, Fritz: Deutsche Literaturgeschichte. Von den Anfängen bis zur Gegenwart. 13. Aufl. Alfred Kröner Verlag Stuttgart. 1965. S. 279. 参照。
（6）Mickel, Karl: Stufen des Verstehens. *Zu Schiller*: Die Bürgschaft. In: Gelehrtenrepublik. Aufsätze und Studien. Mitteldeutscher Verlag, Halle（Saale）1976. S. 44.
（7）SW. 29. Bd. S. 169.
（8）Vgl. SW. 29.Bd. IIA. S. 649f.
（9）Stenzel: S. 175.
（10）Körner an Schiller vom 20. Feb. 1799. SW. 38. I. Bd. S. 41.
（11）Schiller an Goethe vom 4. Sep. 1798. SW. 29. Bd. S. 273.
（12）Goethe an Schiller vom 5. Sep. 1798. SW. 37. Bd. Tl. I. S. 348
（13）Viehoff, Heinrich: Schillers Gedichte. Franck'sche Verlagshandlung.Stuttgart. 3. Tl. S. 103. Vgl. auch Wiese, Benno von: Friedrich Schiller. J. B. Metzlersche Verlagsbuchhandlung. Stutt-

gart. 1959. S. 617.

(14) Wiese: S. 617f.

(15) Kaiser, Gerhard: “Als ob die Gottheit nahe wäre...”. Mensch und Weltlauf in Schillers Balladen. In: Von Arkadien nach Elysium. Schiller Studien. Vandenhoeck & Ruprecht in Göttingen. 1978. S. 65.

(16) Wiese: S. 618.

(17) Stenzel: S. 177.

(18) Berger, Karl: Schiller. Sein Leben und seine Werke. In zwei Bänden. 2. Bd. C. H. Becksche Verlagsbuchhandlung München 1924. S. 345f.

(19) Vgl. Viehoff: 3. Teil. S. 103.

(20) Stenzel: S. 177.

(21) Wiese: S. 618.

(22) Berger: S. 351.

(23) Vgl. Wiese: S. 618.

(24) Kaiser: S. 65.

(25) Berger: S. 347.

(26) Kaiser: S. 65.

(27) Viehoff: 3. Teil. S. 107.

(28) Stenzel: S. 179.

(29) Kaiser: S. 65.

(30) Vgl. Stenzel: S. 180.

(31) Wiese: S. 618.

(32) Wiese: S. 618f.
(33) Martini: S. 281.
(34) Berger: S. 346.
(35) Martini: S. 279.
(36) Martini: S. 279f.
(37) Bertolt Brecht Werke. Große kommentierte Berliner und Frankfurter Ausgabe. Aufbau — Verlag Berlin und Weimar. Suhrkamp Verlag Frankfurt am Main. 1988. Bd. 11. S. 271f.
(38) Vgl. Stenzel: S. 179.

シラーの芸術至上主義──『ハプスブルク伯爵』

ここで取り上げるシラーのバラード『ハプスブルク伯爵』は、一七九七年に始まる「バラードの年」に作られた一連の作品に比べて、従来、論じられることが少なかったようであるが、ここには「人間の美的教育」というシラーの終生の主題が凝縮した形で詩化されている点で、むしろ最も重要なバラードの一つだと思われる。

その初出は「一八〇四年版婦人のための小型本」であるが、成立は一八〇三年四月であり、前述の一連のバラード作品と時期的に若干のずれはあるものの、本質的にはその延長線上にあるという意味で、「狭義のシラーのバラードの中で最後のもの(1)」とされる。その契機となったのは、初版のための註において自ら触れている通り(2)、あの『ヴィルヘルム・テル』(一八〇四)の典拠の一つとされるチューディの『ヘルヴェティア年代記』(Ägidius Tschudi: Chronicon Helveticum)であった。周知の通り、ナポレオンが皇帝として即位したのと同じ年に書かれた『ヴィルヘルム・テル』が、「自由に対する国民の権利という政治的、道義的原理に止まらず、自由と調和の中に人間の倫理的かつ美的な自己防衛」を実現せんとし、「人間が人間性を保持する自由」[3]をめぐる問題を劇化したものだとすれば、「その準備作業の中から生れてきた」[4]このバラードは、「世俗の権力者に対する芸術家の優位」[5]を詩化しようとしたものであると言ってよいだろう。

芸術、あるいは芸術家に対するシラーの並々ならぬ深い思い入れは、既に、その名も『芸術家』(Die Künstler, 1789) という四八一行に及ぶ大作を初め、『歌の威力』(Die Macht des Gesanges, 1796) や『異郷の娘』(Das Mädchen aus der Fremde, 1797) などの詩にも見られる通り、当初から一貫していた。それには、一七八二年の郷国ヴュルテンベルク脱出以来、大革命からナポレオン即位に至る、隣国における一連の世界史的動向の中に潜む問題点をつぶさに見て取ったシラー特有の時代感覚も、大きく関わり合っているものと思われる。彼が「人間の尊厳はきみらの手に委ねられた／それを守り育てるがいい！／それはきみらと共に崩れ落ち　きみらと共に立ち上がるだろう！／詩文の聖なる魔力は／賢明な世界計画に仕える／それを静かに操って／大いなる調和の／海原へ静かに乗り出すがいい！」(Die Künstler, 443–449) と歌い、「真実の力強い勝利の前には／虚偽の産物はことごとく消え失せる」(Die Macht des Gesanges, 29f.) と言うのも、まさに権勢の消長を遥かに超えた、詩文の普遍的価値に対する彼の揺ぎない信仰告白にほかならない。

そういう思いを込めて作ったこの作品を正当に評価したケルナーの、「このバラードはぼくのお気に入りです。このジャンルの音調は今度も見事に成功しています。この勝利の祝祭はうまい着想であり、大いに詩的価値を持っています」[6]という言葉がシラーの意を強くしたことは、「ハプスブルクのルドルフを扱ったぼくのバラードが、貴兄たちの気に入ってもらえてうれしく思います。ぼくがこの逸話を取り上げ、それに新しい衣装を着せたそのやり方に、僕自身、殊のほか満足しています。貴兄たちはホメーロスの中で生きることにあまりなじんでいないので、勝利の祝祭の部分はあまり興味を惹かないかもしれません」[7]という文面からもはっきりと見て取れる。この書簡中でとりわけ注目すべき語句だと思われるのは、「ホメーロスの中で生きる」という一言であろう。ここには、彼の目指すものが簡潔、明確な形で言い表されていると見えるからである。つまり、彼はかつて、「われわれがここで美として感じ取ったものが／いつの日か真実となってわれわれを出迎えてくれるだろう」(Die Künstler, 64f.)と予告していたが、その終生の理想はこの詩において実現されるはずだという自負が、この一句に凝縮されているように思われるのである。

それでは、彼のこのような気概は、テキストでは実際にはどのように展開されているのだろうか？以下、その具体相を見ていくことにしたい。

この世の栄華

交差韻(a—b—a—b)、平行韻(c—c)、抱擁韻(d—e—e—d)を組み合わせ、「抒情的な思考の躍動にふさわし」く、「生動したヤンブスとアナペーストによる韻律」[8]によって、作者は早くも開巻の冒頭から、この詩の主役と、彼を取り巻く状況を荘重に歌い上げてゆく。

Zu Aachen in seiner Kaiserpracht
Im alterthümlichen Saale

Saß König Rudolfs heilige Macht
　Beim festlichen Krönungsmahle.
Die Speisen trug der Pfalzgraf des Rheins,
Es schenkte der Böhme des perlenden Weins,
　Und alle die Wähler, die Sieben,
Wie der Sterne Chor um die Sonne sich stellt,
Umstanden geschäftig den Herrscher der Welt,
　Die Würde des Amtes zu üben. (I, 1–10)

皇帝の豪奢を誇るアーヘンの
　古式ゆかしき広間には
国王ルドルフが聖なる威を体し
　戴冠の祝宴に座していた
佳肴を捧げ持ったのはラインの宮中伯
きらめくぶどう酒を注ぐ役はボヘミア王
　そして七人の選帝侯がうち揃い
日輪をめぐる星団さながらに
この世の支配者の周りに居流れて

厳かな務めを果すのに余念なかった

各節一〇行、全一二詩節一二〇行に及ぶこの詩の開幕を告げる第I詩節には、この世の栄華の頂点を極めた国王ルドルフの権勢振りが、明瞭な輪郭を持って浮き彫りにされる。西暦八〇〇年にカール大帝が神聖ローマ帝国皇帝に即位して以来一五六二年に至るまで、その戴冠の場となった伝統を誇る「アーヘン」という地名が冒頭に置かれていることを見ても、この一語によってこの世の栄華を暗示しようという作者の意図は歴然としている。

十二世紀から十三世紀にかけて、ホーエンシュタウフェン家がドイツの王位と帝位に就き、中世皇帝時代の全盛期を現出して以来、王位に選ばれることは、同時に、皇帝に選ばれる可能性があり、帝国における世俗的統治権を認められることにつながっていたという歴史を考えれば、この場における、ハプスブルク朝の始祖で、一二七三年十月二十四日に即位した、「国王ルドルフ」の「戴冠の祝宴」という語句の持つ意味も自ずから明らかだろう。「皇帝の豪奢を誇る」「古式ゆかしき広間」「聖なる威」という語句が惜しげもなく多用されるのは、「国王ルドルフ」の拠って立つところを示すのに不可欠の語群と言ってよい。中でも、ここで早くも、「聖なる」(heilig) という形容詞が用いられているのは注目に値する。それというのも、これによって、「彼の治める帝国が神聖」なものであり、「神的な審判者の職務を現世で具現する者」[9]としての彼の性格付けが暗示され、それがこの後で登場して来る「歌びと」の「神聖」な本性と通じ合う最大の要因であることが予告されていると思われるからである。

一方、その「周りに居流れ」る、聖俗合わせて「七人の選帝侯」が「日輪をめぐる星団さながらに」

と喩えられるのは、「シラーが七という数字をケプラーの太陽中心説による世界像と結び付けている」[10]ことに発するものであるが、いずれにしても、これによって、並ぶ者なき「国王ルドルフ」の威光が倍化されることは言うまでもない。しかも、そのまばゆいばかりの威光は、当然のことながら、この限られた宮中に止まるものではなく、戸外に密集する民衆にまで及ぶのである。

かれらが「喜色を面に表して群れ集い／高々と鳴り渡るラッパの音色に／歓呼の声を上げて唱和した」のは、「永きにわたる不毛の争いの果てに／皇帝不在の恐るべき時代が終焉を迎え／この世を正しく治める者が再びその座に就いた」からにほかならない。即ち、「もはや鉄の槍が意味もなく飛び交う時は去り／弱き者　自足せる者がもはや／覇権者の餌食になる恐れもなくなった」からである（II, 11–20)。これが、一二五四年から一二七三年に至る大空位時代に終止符を打ち、二重王権と領邦諸侯間の覇権争いで無力化していた中央集権を回復したという史実を踏まえたものであることは無論だが[11]、このようにして、簡にして要を得た筆致によって祖国の歴史の現実に即した場面を設定した上で、満を持していた作者は、いよいよこの詩の主役である「国王」にして「皇帝」としての「ルドルフ」の肉声を響かせることになる。

主題の提示

周囲の期待を十分に確認し、タイミングを見計らったかのように語り出されるルドルフの即位の言は、果して、衆望に違わぬ格調に満ちたものであった。

Und der Kaiser ergreift den goldnen Pokal,
　Und spricht mit zufriedenen Blicken:
Wohl glänzet das Fest, wohl pranget das Mahl
　Mein königlich Herz zu entzücken;
Doch den Sänger vermiß ich, den Bringer der Lust,
Der mit süßem Klang mir bewege die Brust
　Und mit göttlich erhabenen Lehren.
So hab ichs gehalten von Jugend an,
Und was ich als Ritter gepflegt und gethan,
　Nicht will ichs als Kaiser entbehren. (III, 21–30)

すると皇帝は　黄金色に輝く高脚の盃に手を伸ばし
　満ち足りたまなざしで語り始める
「きらめく祝祭　見るも彩なる佳肴は
　王たるわが胸を狂喜させる
だが　余は　歓びをもたらす使者　歌びとの不在が寂しくてならぬ
彼こそは　めでたき響き　神に通ずる尊き教えで
　この胸を動かしてくれるのだ

若年の頃よりそうであったが
余が騎士としてはぐくみ育ててきたものを
皇帝となったこの後とも失いたくはない」

ここでは先ず、第I詩節では「国王」と呼ばれていた同一の人物が、地の文と引用文の二箇所において「皇帝」と称されていることが目に付くが、これは一つには、右に述べた歴史的事実に基づいている。より本質的には、この呼称の変化は、限られた地域の統治者から、より広い、全土に及ぶ統率者へという、当事者の自覚の変化を端的に示すものと解すべきだと思われる。ここに見られる一連の詩句は、重責を身をもって感じ取っている彼の立場と、その英邁な人間性を余すところなく物語るものとなっているからである。

その点で、ここでとりわけ注目すべきだと思われるのは、彼が「歌びと」のことを「歓びをもたらす使者」と呼び、「めでたき響き　神に通ずる尊き教え」によって、自分の「胸を動かしてくれる」という得難い特性の持ち主であると規定していることである。そのことは自ずから、そういう彼自身が、見た目の栄華に酔い痴れてばかりはいない、高貴な心性の持ち主であることを証明するものともなっている。その意味で、“glänzen”“prangen”という世俗の栄光を示す語と、“süß”“göttlich”“erhaben”という人間の内面性に関わる語群との対比を示す“doch”という副詞的接続詞の持つ意味は、殊のほかに大きいように思われる。それがこの場限りの勢いに乗じて発せられた、生半可のものでないことは、「若年の頃より」という一句を見れば明らかである。それまで一介の「騎士」として後生大事に「はぐくみ育ててきたもの」を、「皇帝」として位人臣を極めた「この後とも失いたくはない」というのは、一時の権勢に溺れることなく、普遍的な人間性に基づく生き方を目指そうという彼の心栄えを示すものにほかならない。

こうして、「国王」にして「皇帝」たるルドルフの拠って立つ位置と、その人物像を定着させた作者は、すかさず、この詩のもう一人の、真の主役であるその「歌びと」を舞台の上に招じ入れることになる。「長き衣を身にまと」い、「幾歳月を経て　色褪せた／銀白色の巻き毛」をなびかせながら登場して来た「歌びと」は、その外形の面からは「型通り」の形姿を見せているに過ぎないが、ここでは、「個別的な外見は何ら問題にはならず、皇帝の最も晴れがましい瞬間に、皇帝に捧げる歌を歌うことを託されたその任務に伴う尊厳さと老練さこそが重要」なのであり、その点で両者は「互いに同等」なのである。つまり、「皇帝」が「ひとつの帝国という歴史的世界全体を代表」するとすれば、「歌びと」は「内面の秘められた深み、混沌とした感情の力を代弁」し、「それ以上に、皇帝によって起り、皇帝と共に生じる個人の枠を超えたすべての出来事の意味を解き明かす者」として対等の位置にある。[12] このような自らの立場を十分に自覚した上で、「歌びと」は、右の「皇帝」の言に呼応する格調を持って、自らの誇るべき使命について、朗々と口上を述べる。

„Süßer Wohllaut schläft in der Saiten Gold,
Der Sänger singt von der Minne Sold,
Er preißet das Höchste, das Beste,

Was das Herz sich wünscht, was der Sinn begehrt,
Doch sage, was ist des Kaisers werth
An seinem herrlichsten Feste?" (IV, 35–40)

「めでたき佳音は　黄金の弦の中に眠っています
歌びとは　ミンネの酬いを歌い
人の心が望み　人の思いが欲する
至高のもの　最上のものを称えます
とはいえ　仰せください　めでたさこの上もなき祝宴で
皇帝の名に恥じぬものとは何でしょうか？」

この「歌びと」の言は、「皇帝」の意をそのまま引き継いで、寸分の揺ぎもない。その昂然たる自負は、ひとえに「人の心が望み　人の思いが欲する／至高のもの　最上のものを称え」るという、己の使命に対する高らかな誇りに由来する。彼がここで"das Höchste" "das Beste"という形容詞の最上級を畳み掛けるように連発するのは、彼のそういう心情を端的に示すものである。それが同時に、文芸の美こそ至上のものとする作者年来の主張を反映したものであることも、容易に推察がつく。彼はその自覚の下に、「黄金の弦の中」から、相手の意に応じて、「めでたき佳音」を思いのままに取り出して見せようというのである。最終二行の「皇帝」に対する問いかけは、その直截な表れである。因みに、ここでも

“herrlichst”という形容詞の最上級が使われているのは、自らの真価を理解してくれる相手への最大級の敬意の表れと解してよいだろう。とは即ち、作者は、この主客二人のやりとりを通じて、聖と俗との違いを超えて、ひたすら「至高のもの　最上のもの」の成就を目指そうとするこの詩の主題を、ストーリーの自然な流れに乗せてわれわれの前に提示して見せたことを意味する。まさに、「半ば物語的、半ば戯曲的[13]」と称される、彼のバラードの特質を象徴する巧みな演出の妙と言うべきだろう。

以下、このようにぴったり息の合った主客二人の対話によって、いよいよこの詩のめでたき物語は具体的に動き出していく。

主役の設定

「歌びと」の問いかけに「口元に微笑を見せ」て、「余は歌びとに命ずるつもりはない」と応じる「支配者」としての「皇帝」の言は(V, 41f.)、「楽人どもに罪はなく、責めらるべきはむしろ、パンを食らう人間どもの一人一人を、御自分の好き勝手に扱われるゼウスなのでしょう。この者が、ダナオイ勢の悲運を歌うのに腹を立てる謂《いわ》れはありません。聴く者に一番耳新しく響く歌こそ、最も世の喝采を博するのです」という『オデュッセイア』の詩句の影響を垣間見せながら[14]、その思慮深い人となりと、詩文の体現者としての「歌びと」への敬意に満ちている。

Er steht in des größeren Herren Pflicht,
Er gehorcht der gebietenden Stunde.

Wie in den Lüften der Sturmwind saußt,
Man weiß nicht, von wannen er kommt und braußt,
　Wie der Quell aus verborgenen Tiefen,
So des Sängers Lied aus dem Innern schallt
Und wecket der dunkeln Gefühle Gewalt,
　Die im Herzen wunderbar schliefen. (V, 43–50)

歌びとはより大いなる主の務めを担い
　その命ずる刻に従う
虚空に烈風がざわめいても
それがいつの時より吹きすさびいるのか　知る由もないが
　隠れた奥処から湧き出ずる泉さながらに
歌びとの歌は心の奥から響き出し
胸底に言いもあえずわだかまっていた
　おぼろな感情の威力を呼び覚ます

「キリストがニコデモスとの対話の中で聖霊の働きを説くのに用いた表象が、ここでは詩的な創造的精神を宣言するのに転用されている」(15)とも評されるこの場面には、この「皇帝」の絶対的と言っても過言でない詩文への帰依が、明確に表明されている。

そのことは、「命ずる」（gebieten）という動詞の用法一つからでも明らかである。この語は、通例であれば、世俗の「支配者」の地位についた彼自身に属する特権として受け取られても不思議ではないはずだが、それがここでは彼自らによって、「より大いなる主の務めを担う」べき「歌びと」のものと規定されているのである。そのことは、彼が「歌びと」を「より大いなる主の代弁者」と見ていることを意味する。これはシラーの同郷の後輩ヘルダーリンが、「詩人」を「神と人とをつなぐ仲保者」と見ていたことを連想させもするが、それはともかく、この「皇帝」の「歌びと」に対する見方には、「世界を意味として解釈し、それによって意味のつながりを創出するという営為の点で、詩人こそ人類の最高の代弁者である[16]」とするシラーの芸術観が投影されているものと思われる。つまり、彼にとって「芸術とは人間の至高の力の発現する場であり、表れ[17]」なのである。

この「皇帝」が「歌びと」の存在意義をこれほど高く評価するのも、ひとえに、その「歌」が「心の奥から響き出」すものであり、普段は人々の「胸底に言いもあえずわだかまっていた／おぼろな感情」を「呼び覚ま」して、それに明確な形を与える「威力」を持っているからにほかならない。詩文の持つ力に対するシラーのこのような深い信頼の念は、その名も『歌の力』（一七九六）と題する作品の冒頭の一節にも見られる通り、終始一貫して揺ぎないものだった。これはもともと、『芸術家』の初稿として構想されたものであるが[18]、因みに、その詩句とは次のようなものである。

Ein Regenstrom aus Felsenrissen,
Er kommt mit Donners Ungestüm,
Bergtrümmer folgen seinen Güssen,
Und Eichen stürzen unter ihm.
Erstaunt, mit wollustvollem Grausen,
Hört ihn der Wanderer und lauscht,
Er hört die Flut vom Felsen brausen,
Doch weiß er nicht, woher sie rauscht;
So strömen des Gesanges Wellen
Hervor aus nie entdeckten Quellen. (Die Macht des Gesanges, I, 1–10)

岩の裂け目から　雨と降る滝水の流れ
それは雷鳴の凄まじさでたぎり落ち
その水しぶきに気おされて　山の岩くれが落下し
樫の木もその滝つぼになだれ落ちる
戦慄しながらも　驚嘆と恍惚の思いで
旅人はその水音に耳を澄まし
岩間からほとばしり出る水勢の轟きに聞き入るが

そのざわめきがいずこから来るのか　知る由もない
波打つ歌のうねりも　かくの如く
絶えて知られぬ源から溢れ出る

ここには、「岩の裂け目」から「雷鳴の凄まじさ」で「たぎり落ち」る「滝水の流れ」という具象的な情景に事寄せて、「歌の力」が活写されているわけだが、それが「絶えて知られぬ源から溢れ出る」というところに、この一節の眼目はあるだろう。つまり、作者は万人の胸に眠ったままで、それにふさわしい言葉を与えられないでいる人間の初発の感情を、思いのままに解き放ち、それに一定の形を与えることを可能にするのが、詩歌の持つ最大の「力」だと考えているように思われる。そして、ほかならぬそのことが、眠っている人心を「呼び覚ま」し、それを思うさまに発揮させたいという「皇帝」自身の見果てぬ夢へとつながっていくのである。

果して、その意を体した「歌びと」は、「やにわに弦に取りすがり／それを力強くかき鳴らし始める」ことになるが（VI, 51f.）、以下、一一〇行目までの五八行にわたる長広舌において、この詩の真の主役である「歌びと」の口を通して、作者の芸術観が吐露されてゆく。言い換えれば、これまでの両者のやりとりは、この「歌びと」の歌を引き出すための前奏曲となっていて、「皇帝」はその外的位置とは裏腹に、いわば狂言回しの役を演じていたのである。

歌物語の展開

さて、その「歌びと」の語る歌物語は、いわば劇中劇の趣を呈して、「狩猟」に出かけた「ひとりの高貴な勇士」と「矢筒」をたずさえてそれに従う「近習」、「聖体」を捧げ持つ「司祭」とその先払いをする「寺男」という、二組の主従の登場によって開始される（VI, 53–60）。これがそれぞれ「俗」と「聖」を象徴するものであることは言うまでもないが、その双方の出会いの場面は次のように描き出される。

Und der Graf zur Erde sich neiget hin
　Das Haupt mit Demuth entblößet,
Zu verehren mit glaubigem Christensinn
　Was alle Menschen erlöset.
Ein Bächlein aber rauschte durchs Feld,
Von des Gießbachs reissenden Fluten geschwellt,
　Das hemmte der Wanderer Tritte,
Und beiseit' legt jener das Sakrament,
Von den Füßen zieht er die Schuhe behend,
　Damit er das Bächlein durchschritte.（VII, 61–70）

すると伯爵は　被り物を取り

恭順の意を表して頭を垂れ
信篤きキリスト者の思いを込めて
　万人を救うものへ敬意を示す
しかるところ　野をせせらぎ流れる一本の小川が
早瀬よりたぎり落ちる流れに水嵩を増して
　徒歩《かち》歩きの旅人の足を阻んだ
すると　かの聖者は聖なる品をかたへに置き
履物をすばやく脱いで
　この小川を歩き渡ろうとした

これを見れば、世俗の権力を恣にしているはずの「伯爵」の「恭順」（Demuth）さがいやでも目に付くが、この“Demuth”という語が第X詩節の冒頭でも繰り返されることを見ても、これが単なる儀礼の範囲を超えた、「信篤きキリスト者」としての彼の真情に発するものであることには疑問の余地がない。それは、彼が日ごろから「万人を救う」ことこそ、何にも勝る大義と考えていることの自ずからなる表れでもある。この劇中劇の冒頭で、彼が「ひとりの高貴な勇士」として、“edel”という最大級の敬意を示す形容詞が冠せられていたのも（VI, 53）、その人となりを覗う上で見過ごせない手掛かりとなっている。

しかるに、もう一方の当事者である「司祭」の方はといえば、普段であれば簡単に歩いて渡れる「小川」が、「早瀬よりたぎり落ちる流れに水嵩を増して」いるために進退窮まった状態に陥っている、というのである。あえてこのような危機的状況を現出させるのは、この作者一流のドラマトゥルギーによるのはもとよりであるが、それもひとえに、われわれの関心をこの後の「司祭」の行動に引きつけ、それに対する「伯爵」の反応を印象付けるために不可欠な仕掛けなのである。つまり、これによって、この両者は互いに密接に結び付けられてゆくのである。

ところで、ここで作者はこの「司祭」に「聖なる品をかたへに置」くといういささか奇異な行動を取らせてみせる。この「聖なる品」がほかならぬ「主の聖体」を意味するものである以上、危急の時とはいえ、一時的にもそれを「かたへに置」くという行為は、神に仕える身にとっては有りうべからざる重大な違背となるはずである。案の定、それを見咎めた「伯爵」の「おんみは何たることを為し給うのか?」という問いかけには(VIII, 71)、単なる疑問という以上に、むしろ非難の色合いが濃いように見える。

実は、この問いかけを待っていたかのように発せられる「司祭」の応答によって、この劇中劇は大きな山場を迎えることになるのである。即ち、その答えとは次のようなものであった。

Herr, ich walle zu einem sterbenden Mann,
　Der nach der Himmelskost schmachtet.
Und da ich mich nahe des Baches Steg,
Da hat ihn der strömende Gießbach hinweg
　Im Strudel der Wellen gerissen.

Drum daß dem Lechzenden werde sein Heil,
So will ich das Wäßerlein jetzt in Eil
　Durchwaten mit nackenden Füßen.（VIII, 73–80）

殿　わたしは今　死の床にあって
　天上の糧を待ち焦がれる　男のもとへ赴くところです
小川に架かる橋へ近づいてみると
ほとばしる急流が　逆巻く波で
　その橋を押し流してしまいました
渇き求める者に最後の祝福を与えんという一念で
わたしはいま　取る物も取りあえず
　裸足のままで　この小川を渉ろうというのです

ここには「死の床」にあって、「最後の祝福」を「渇き求め」ている者の許へと急ぐ、この「司祭」の置かれた状況がリアルに、具象的に描き出されている。ここで多用されている“sterbend”“strömend”“lechzend”という現在分詞形は、一刻の猶予も許さぬ事態の急迫を演出するのに極めて効果的に働いている。

「天上の糧」が「聖体の成就によってキリストの肉と化したパン、即ち、ホスチア」を意味することを考えれば[19]、時機を逸せず「渇き求める者」にこれを与えることが、この場における「司祭」にとっての最大の任務であることは改めて断るまでもない。彼が「履物をすばやく脱いで」、「聖なる品をかたへに置」くという、一見その身にふさわしからぬ挙に出たのも、まさにやむにやまれぬ必死の行動だったのである。

果せるかな、その事情を察し、「司祭」の命を懸けた誠心に深く感じ入った「伯爵」は、彼なりに最大限の誠意をもってこれに応えようとする。

「伯爵」の人間性の発露

即ち、この「伯爵」は「司祭」を自らの「騎士の誇りの馬の上に乗せ／きらびやかな手綱を差し出す」という、これまた常識的には考え難い挙に出る。それもこれも、「この司祭が彼を待ちわびている病人を元気づけ／その聖なる務めを怠らぬ」ようにする一念から出たものであった（IX, 81-84）。ここに至って、「司祭」の一念と、その助力をしようという「伯爵」のそれは、「渇き求める者に最後の祝福を与える」という具体的な行為を通して、「聖なる務め」を果すという一点で互いにぴったり重なり合うことになったのである。言い換えれば、"ritterlich" "prächtig" という「伯爵」の属性を示す形容詞は、本来、それと対極にある "heilig" という形容詞と融合し、昇華されたのである。

これに関連して、カイザーが「聖なるものの護持者として、詩人はこれまでもずっと司祭なのであり、司祭はこれまでも常に詩人だったのである。このバラードの中では実際には根拠付けされないままになっている、かつての司祭が遍歴する歌びとへと変身しているのは、観念上の根拠付けとなっている[20]」と言い、ヴィーゼが「教会への奉仕の行為としての狩をするかつての伯爵と、今日の皇帝と、聖なる品を捧げ持つ司祭は、いずれもこの歌を歌う歌びとの二重写しになった鏡像である」[21]と見るのは、この作品の構成と内容を考える上で、きわめて大きな示唆を与えてくれる。

ともあれ、こうして「伯爵」は自足した思いで、「自らは近習の引き物に乗って／狩猟の欲を満た」し、「他方は旅を続け」ることが出来たのである。その結果が上首尾だったことは、「そして翌朝　感謝の面持ちで／司祭はうやうやしく手綱を取って／伯爵の許にその持ち駒を返しに来た」という一句から見て疑問の余地がない（IX, 85–90）。

ところが、話はここで一件落着とは行かず、更に、その後日談とも言うべき場面が展開される。実は、この第Ⅸ詩節に続く場面こそ、「伯爵」の人となりを揺ぎなく定着させるのに不可欠の場面となっているのである。

Nicht wolle das Gott, rief mit Demuthssinn
　Der Graf, daß zum Streiten und Jagen
Das Roß ich beschritte fürderhin,
　Das meinen Schöpfer getragen!
Und magst du's nicht haben zu eignem Gewinnst,
So bleib es gewidmet dem göttlichen Dienst,
　Denn ich hab es dem ja gegeben,

Von dem ich Ehre und irdisches Gut
Zu Lehen trage und Leib und Blut
　Und Seele und Athem und Leben. (X, 91–100)

伯爵はうやうやしい思いを込め
　大声でこう言った「わが現し身の神を乗せた
この駒に　わたしがこの後とも　争い事や狩のために
またがるようなことは　神が望まれぬように！
おんみがこの駒を　自らの利のために用いたくはないと仰せなら
末永く　神への奉仕にお使いいただきたい
　わたしはこの駒を　栄誉と
知行を分つための浮世の領地と　この肉と血
魂と息と命を授かった
　その贈り主に捧げ奉ったのですから」

この「伯爵」の弁には、第Ⅶ詩節における「信篤きキリスト者の思い」の持ち主である彼の汚れなき熱誠が、極めて具象的な形で露わになっている。その具象性を体現しているのが、“das Roß”という一語である。作者はこの語によって、「伯爵」の地上の栄華から天上の至福への回心を自然に、無理なく暗示し得ているると思われるからである。即ち、「この駒」は、それまで専ら、覇権を競う「争い事」や、束の間の享楽の象徴としての「狩」の楽しみのために利用されてきたが、彼は自ら「この後とも」そのようなことがあってはならぬ、と言うのである。それは、「この駒」がいまや、「現し身の神を乗せ」るという至上の栄誉に浴するものと化したからである。なお、「この駒」が乗せた相手のことは、原文では“Schöpfer”となっていて、この語は「造物主」の意で用いられるのが通常ではあるが、これまでのストーリーの流れからして、現実に「この駒」の背にまたがったのは「司祭」であり、それが現世において神の意を体する者と捉えられていることを考慮して、ここではひとまず、「現し身の神」と訳出してみたことを断っておきたい。

いずれにしても、この語によって、神的な世界に対する「伯爵」の帰依の念が定着されたことは確かである。その点で、ここで“göttlich”と“irdisch”という形容詞が対置されていることには、殊のほか重い意味がある。というのも、いまやこの「伯爵」にとっては、自分の身にまとわり付く「栄誉」や「知行を分つための浮世の領地」はもとより、自らの生存の根拠となるべき「肉と血」「魂と息と命」までも、すべては「現世」の生を支える束の間のよすがに過ぎず、「神的」な永遠普遍（＝不変）の世界に比べれば、頼むにも足りぬものと見えていると思われるからである。彼が「末永く　神への奉仕にお使いいただきたい」「その贈り主に捧げ奉ったのですから」と畳み掛けるのは、その何よりの証左である。そういう「伯爵」の回心が真実のものであるのを見て取った「司祭」は、すかさず、その熱誠に応えて祝福の言葉を発することになる。

その「司祭」の言葉とは、「弱き者の祈願を聞き届け給う／全能の守り手たる神」が「伯爵」の「これまでの神への崇敬の念に応じ」て、彼に「この世でもあの世でも　栄光に与らせ給わんことを」という言葉に尽きる（XI, 101–104）。この祝福は、この「伯爵」が「スイスにおいて騎士の道に背かぬ統治」を布いたという実績を示したことに由来する。これは「ルドルフ」が父アルブレヒト四世からチューリヒガウとアールガウの伯爵領を受け継ぎ、神聖ローマ帝国直轄の正当性をめぐる教皇との論争において、チューリヒやウーリという諸邦の側に与したという、歴史的事実を踏まえたもののようであるが[22]、ここで示した彼の「騎士の道に背かぬ統治」ぶりが「司祭」の心にも叶い、その口から「そなたの六人の娘御たちは咲き綻び」て「六つの王冠をお家にもたらし／末代までも栄華の花を咲かせるだろう」と予言させるに至るのである（XI, 106–110）。この部分もやはり、ルドルフには六人の娘がいて、それぞれにその身分にふさわしい結婚をしたという事実に基づいているが[23]、いずれにしても、この詩節における「司祭」の言は、「伯爵」の人柄とその徳を、最大級の賛辞をもって称えることに終始する。そして、これによって、「歌びと」の独り芝居による劇中劇はようやく終止符を打ち、この歌物語もいよいよ感動的なフィナーレを迎えることになる。

Und mit sinnendem Haupt saß der Kaiser da,
　Als dächt er vergangener Zeiten,
Jezt, da er dem Sänger ins Auge sah,

　Da ergreift ihn der Worte Bedeuten.
Die Züge des Priesters erkennt er schnell,
Und verbirgt der Thränen stürzenden Quell
　In des Mantels purpurnen Falten.
Und alles blickte den Kaiser an,
Und erkannte den Grafen, der das gethan,
　Und verehrte das göttliche Walten.（XII, 111–120）

皇帝は過ぎ来し世々を思い返すかのように
　思念にふけって座していたが
やおら　かの歌びとの眼をひたと見つめるや
　その言葉の意味するところに心を打たれた
司祭の面輪の一々をすばやく見て取り
次から次に湧き出る感涙を
　真紅のマントの襞に隠すのがせいぜいだった
満座の人々は固唾を呑んで　その様子を見守り
このような振る舞いを見せた伯爵の人となりを悟って
　その神のごとき統治に　敬慕の念を禁じ得なかった

この最後の一節は、シラーがライプツィヒの画家シュノル・フォン・カロルスフェルトに、計画中の豪華版詩集の装丁のための銅版画のスケッチの素材に用いるように提案したものであるが、[24]それにふさわしく、主人公の人間性の流露する感動的な場面となっている。

それはとりわけ、「その言葉の意味するところに心を打たれた」という一文以下、結びの一行に至るまでに描き出された主従の挙動から如実に見て取れる。これは国民版の註にも言う通り、[25]確かに、『オデュッセイア』の中の「高名の楽人は、このような物語をうたったが、オデュッセウスは紫色の大きい外衣を逞しい手でつかむと、頭からすっぽりと被《かぶ》り、端麗な顔を隠した。パイエケス人の手前、眉の下から涙をこぼすのを恥じたからで、至妙の楽人が歌いやめるごとに、涙を拭《ぬぐ》って外衣を頭から外し、把手二つの盃を手に取っては、神々へ酒を献じていた。しかし楽人のうたう物語に興の乗ったパイエケスの領主たちが促すままに、楽人が再びうたい始めるとそのたびごとに、オデュッセウスもまた再び頭を覆《おお》って、悲しげに呻くのであった[26]」という一節が下敷きになっているもののようであるが、シラーはあくまでそれを自家薬籠中のものとし、生動するリズムに乗せて、簡潔、明快にこの場面を活写している。それを担保する上で欠かすことの出来ない働きをしているのが、ここで二度にわたって繰り返される“erkennen”という、人間の「認識」に関わる動詞である。

即ち、「皇帝」は、対する「司祭の面輪の一々」も見逃さず、その「意味するところ」を理解し、その場に居並ぶ「満座の人々」は、「皇帝」にして「伯爵」たる人の流す「感涙」を見て、その中に彼の人となりを確信したのである。現実に立脚したこの二つの「認識」作用が相乗効果となって、この場面を甘い感傷から救っている最大の要因となっていると言ってよいだろう。これによって、また、先ほどの“ritterlich Walten”が“das göttliche Walten”という結びの一語と分ち難く結び付けられ、ここにめでたく「俗」と「聖」の調和、融合が果されたのである。それをもたらす原動力となったのが、「歌びと」に発する「詩文の聖なる魔力」によるものであることは、いまや多言を要しない。

以上見てきたように、シラーは歴史家としての深い造詣を活かし、『オデュッセイア』を初めとする古典文学の素養を基にしながら、劇作家としての本領を存分に発揮して、この作品において、「芸術は学問と同様に、一切の既成物、人間の慣習が持ち込んだ一切のものから解放されていて、両者は共に、人間の恣意からの絶対的な不可侵特権を享受しているのです。政治上の立法者は芸術の活動領域を封鎖することは出来ますが、その内部に立ち入ることは出来ません。彼は真理の味方を排除することは出来ますが、真理は生き続けます。芸術家をおとしめることは出来ますが、芸術を押し曲げることは出来ません[27]」という、『人間の美的教育』における主張を自らの作品の中で見事に再現してみせたのである。その根底には、「わたしは今とは別の時代に生きたいとは思いませんし、今とは別の時代のために働いてきたのだとも思いたくはありません。われわれは一つの国家に属する公民であるのに劣らず、時代の子でもあります」と断言するシラーの、自分の生きる時代に対する誠意が息づいているのは無論だが、その一方で、常に「わが身を全体の中心に置いて、個としての自分を類的存在へと高める」ことを目指し[28]、「個々の人間はいずれも自己自身の中に純粋な理想的な人間を内在させている[29]」と言う彼の人間の可能性に対する信頼によって、「世界を変革させ、現実を作り出す詩的言語の持つ力を描いた作品[30]」と評されるこの詩は、時代の制約を超えた普遍性に達し得ているように思われる。

即ち、シラーはその詩的想像力によって、ここに登場する「皇帝」と「歌びと」と「司祭」が、いずれも「世界を維持し、世界を超克する」という「個を超えた本性」において三位一体のものであること、そして、「未来」は「過去」の事績に基づいて予言され、その「過去」はまた「歌」を通して「現在」の中に取り込まれて、「自己完結した円環」を形作っていることを現出してみせたのである[31]。われわれが先に見た『身代り』や『潜水夫』におけるような劇的な起伏には欠ける一方で、逆にその分だけ、緊密な劇的構成によって詩文の優位を描くこの作品はまた、まさにシラー固有の理想主義にして表現を与えた点で、「戯曲的バラード文体[32]」の極致を示す人間賛歌となっているように見える。その点で、この作品は「バラードの年」に始まったシラーの一連のバラード制作を締めくくるのにふさわしい佳品となっていると言ってよいだろう。

註

（1）Viehoff, Heinrich: Schillers Gedichte. 7. Aufl. 1. Bd. Francksche Verlagshandlung. Stuttgart 1895. 3. Teil. S. 232.

（2）SW. 2, I. S. 162.

（3）Martini, Fritz: Deutsche Literaturgeschichte. Von den Anfängen bis zur Gegenwart. 13. Aufl. Alfred Kröner Verlag Stuttgart 1965. S. 288.

（4）Viehoff: 3. Tl. S. 232.

（5）SW. 2, II. S. 186.

（6）SW. 40, I. S. 79. Körner an Schiller vom 19. Jun. 1803.

(7) SW. 32. S. 55. Schiller an Körner vom 16. Jul. 1803.
(8) Viehoff: 3. Tl. S. 236.
(9) Kaiser, Gerhard:Von Arkadien nach Elysium. Schiller — Studien. Vandenhoeck & Ruprecht in Göttingen.1978. S. 75.
(10) SW. 2, II. S. 187.
(11) Vgl. a.a.O., S. 187.
(12) Vgl. Wiese, Benno von: Friedrch Schiller. J.B. Metzlersche Verlagsbuchhandlung Stuttgart 1959. S. 620.
(13) Koopmann, Helmut: Friedrich Schiller II. 1794–1805. J. B. Metzlersche Verlagsbuchhandlung und Carl Ernst Poeschel Verlag GmbH in Stuttgart 1966. S. 28.
(14) Vgl. SW. 2, II. S. 187. 訳文は、岩波文庫『オデュッセイア（上）』松平千秋訳（S. 27）を借用した。
(15) Kaiser: S. 76.
(16) a.a.O., S. 77.
(17) a.a.O., S. 77.
(18) Vgl. SW. 35. S. 323. Körner an Schiller vom 2. 9. 1795.
(19) Vgl. SW. 2, II. S. 187.
(20) Kaiser: S. 76.
(21) Wiese: S. 620.
(22) Vgl. SW. 2, II. S. 187.
(23) Vgl. a.a.O., S. 187.
(24) Vgl. SW. 2, II. S. 188. u. SW. 40, II. S. 144. Schiller an Crusius vom 24. Juni 1804.
(25) Vgl. SW. 2, II. S. 188.

(26) 岩波文庫、『オデュッセイア（上）』S. 192、松平千秋訳。
(27) SW. 20. S. 333.
(28) a.a.O., S. 311f.
(29) a.a.O., S. 316.
(30) Kaiser: S. 75.
(31) Vgl. Wiese: S. 621.
(32) Viehoff 3. Tl.: S. 235.

あとがき

本書に収めた論考は、「ゲーテの霊と肉の物語」（熊本大学「社会文化研究3」二〇〇五年初出）を除いて、すべて書き下ろしのものである。

こうしてゲーテとシラーのバラード作品のいくつかを並べて読み比べてみると、本文でも再三触れた通り、両者の資質、作風の違いが如実に見て取れるようで、興味尽きないものがある。即ち、ゲーテがありとあらゆる素材を基にして、持ち前の自由奔放な想像力の赴くままに、時にユーモラスに、時としては苦いイロニーを交えながら、人間のさまざまな側面を自在に描き出しているように見えるのに対して、シラーの方はあくまで「人間の美的教育」という不変の理想を、生来の演劇的手法を駆使してドラマティックに現出しようとしているかのようである。これが両者の優劣に関わるものでないことは無論だが、われわれはむしろ、かれらが互いの違いを認め合い、己の欠を補うものとして敬意を抱き合い、励まし合って、その絶妙なハーモニーからこれほどの生産的な実りがもたらされたことは、文学史にも例を見ない快挙として受け止めたいと思うのである。

この交流の持つ意義を両者それぞれに深く認識していたことは、二人の間に取り交わされた往復書簡の一言一句が何よりも雄弁に物語っているが、ここではゲーテの回想録とも言うべきエッカーマンの

『ゲーテとの対話』から、その一端を引くに止めたい。

一週間ごとに、シラーは別人になり、ひときわ完成された人物になった。会うたびごとに、彼はわたしの目には、読書の点でも、学識の点でも、判断力の点でも進歩しているように見えたものだ。彼からもらった手紙こそ、わたしの手元にある最も美しい追憶のかたみであり、彼の書いたものの中で最も優れたものの一つなのだ。彼の最後の手紙は、わたしの宝物の中でも神聖なものとして、わたしはいまでも大切に保管しているんだよ。

「お分かりだろう」とゲーテは言った、「彼の判断がいかに的確であり、寸分の緩みもないか。筆跡にも弱々しさのかけらもないだろう。――彼はすばらしい人間だったが、力の満ち溢れた盛りの時にわれわれの世界から去っていってしまったのだ。この手紙は一八〇五年四月二十四日付けになっているが、――シラーの死んだのは五月九日だ。」（以上、第一部、一八二五年一月十八日）

（ヤコービとの関係とは）反対に、わたしとシラーとの関係は無比のものだった、それというのも、われわれは共通の志向のうちにこの上なくすばらしい紐帯を見出していたので、それ以上の特別な友情など必要もなかったからだ。（第一部、一八二七年四月十一日）

「人間が一人でいるのはよくない」とゲーテは言った、「とりわけ、一人で仕事をするのはよくない。

むしろ、何かを成し遂げようと思えば、他からの協力と刺激が必要だ。わたしはシラーのおかげで、『アキレウス』や多数のバラードを作ったが、それも彼がわたしをそのように仕向けてくれたおかげなのだ。」（第二部、一八三〇年三月七日）

「そうこうするうちに」とゲーテは続けた、「わたしがシラーを得たのは、幸運なことだった。というのも、われわれ双方の持ち前は大いに異なってはいたが、目指すところは一つだったからだ。そのために、われわれのつながりは極めて親密なものになり、挙句には、相棒が欠けてはどちらも生きていけぬというほどになってしまった。」（第三部、一八二七年十月七日）

こうして、両者は互いに「協力と刺激」を惜しまず、理解し合い、励まし合って、いわゆる「バラードの年」の後も旺盛な生産活動を展開していき、古典主義文学を完成させて、ドイツ文学の黄金時代を招来したことは、すでに周知のところである。二人のバラードの競作がその重要な契機となったという意味で、ここでそれぞれの具体的な物語詩に目を向けてみることにも少なからぬ意義があると思われるのである。

なお、本書は「熊本大学学術出版助成」を得て出版されたものである。関係各位の御理解と御支援に心より感謝申し上げます。

出版に当っては、永山俊二編集部長を初めとして、今回もまた九州大学出版会のみなさまの御理解と御助力に負うところが甚だ大きかった。とりわけ編集部の奥野有希さんには校正の面で細心の気配りをしていただいた。併せ記して、厚く御礼申し上げます。

二〇〇七年九月

坂田正治

著者紹介

坂田正治（さかた　まさじ）

熊本大学文学部教授
昭和 17 年 6 月 17 日　熊本県生まれ
昭和 42 年 3 月　東京大学文学部独文学科卒業
昭和 44 年 3 月　同大学院修士課程修了
昭和 44 年 4 月　熊本大学法文学部（当時）着任
現在に至る

著書
『クロプシュトックの抒情詩研究』（近代文芸社）
『エロースへの招待』（石風社）
『ゲーテと異文化』（九州大学出版会）
訳書
『詩とリズム—ドイツ近代韻律論』（九州大学出版会）

バラードの競演《きょうえん》——ゲーテ対シラー——

2007 年 10 月 10 日　初版発行

著　者　坂　田　正　治
発行者　谷　　隆　一　郎
発行所　（財）九州大学出版会
〒 812–0053　福岡市東区箱崎 7–1–146
九州大学構内
電話　092–641–0515（直通）
振替　01710–6–3677
印刷・製本　研究社印刷株式会社

ISBN 978–4–87378–955–2